3일간의 사랑

3일간의 사랑

박성선 소설집

문예바다

| 작가의 말 |

 이 세상은 상대적이다.
 새삼스러운 말이지만 모든 사물은 나를 중심으로 전개되어 있지 않은가.
 세상에 태어나 처음으로 밤을 열심히 줍는다. 발밑에 숨은 밤들이 숨을 죽이고 저희들끼리 소근댄다. 여기까지 뒤지면 어떻게 해.
 내 손에 집힐 때마다 대든다. 나는 큰 밤나무가 되고 싶어요! 나를 집어 가지 마세요!
 밤나무 어미도 거든다. 아유우— 그놈은 잘 감춰 주고 싶었는데……. 그렇게 욕심 부리지 말아요. 다른 사람도 좀 집어 가게.
 그러나 나는 못 들은 체한다. 왜냐면 밤을 줍는 게 너무 재미지다.

밭을 산 지 몇 해인가? 언덕배기에 밤나무가 몇 그루 있다는 사실을 나는 전혀 의식하지 않았다.

"옆에서 짹짹대기만 해도 되니까 나랑 같이 가 줘."

고구마와 들깨를 심고 배추와 무를 심으며 도움의 손길이 절실했던지 남편이 오늘은 좀 같이 가 줘 하는 애원을 한다. 그래서 따라간 밭에서 나는 바닥에 구르는 밤톨을 보았다. 그리고 하늘을 올려다보았다. 깨달았다.

'이렇게 밤나무가 있고 밤이 지천인데 여태 이걸 지나쳐 버렸다니.'

나는 어쩌면 이렇게 한심한 사람일까 한탄하며 작은 밤 몇 톨에 웃음 짓는다. 밤을 더 집으려니까 밤 가시가 찌른다. 남편이 주는 장갑을 끼어도 밤 가시의 공격은 여전하다.

지금 나는 작정을 하고 장갑뿐 아니라 집게도 가지고 와서 본격적으로 아니 결사적으로 밤을 줍고 있다. 남편과 함께 밭에 오니까 벌써 밤을 줍는 사람들이 있었다. 나는 어린애처럼 소리쳤다.

"거기 그만 주워요! 나도 좀 줍게!"

땅주인으로서의 일갈. 남편이 어진 목소리로,

"그런 말이 어딨어, 밤은 먼저 줍는 사람이 임자인 거야."

장단을 맞춘다. 하긴 십 몇 년을 내버려 두고 남 좋은 일 실컷 해 놓고 이제야 주인 행세를 하니 그들이 어리둥절할 수도 있겠다.

허리가 아프도록 밭일을 홀로 한 남편이 주워다 준 밤을 너무 작다느니 또는 쬐끔이라느니 핀잔 정도로 반응했던 일들이 생각나며 이제야 미안하다. 나는 도대체 어떻게 된 사람일까.

　글을 쓴다고 나의 세계에서 혼자 바쁜 나를 남편이 너무 많이 봐준다. 이 세상 어디에 나에게 이토록 관대한 사람이 있을까.

　밤을 줍기보다 글을 쓰는 게 익숙하고 하기 쉽고 그러면서도 언제나 절실하다. 이렇다 할 작품 하나 내놓지도 못했으면서.

　언제나 쓸 때는 노벨 문학상감을 쓴다. 쓰고 난 후 읽으면 참 착각은 자유라는 말이 생긴 이유를 알 것 같다.

　모든 글 속에서 숨길 수 없고 숨겨지지 않은 나를 발견하면서 새삼 부끄러워집니다. 그러면서도 큰 꿈을 꾸는 몽상가 박성선이 마음 밭에 숨어 있는 또 다른 작품을 캐어 낼 작정을 여전히 합니다. 먼저 캐어 낸 작은 작품집을 냅니다.

2023년 10월에

| 차 | 례 |

작가의 말 _ 4

검은 눈의 수잔 _ 9
공원에서 웃다 _ 29
늦가을 비 _ 39
담 넘어 갸웃이 호박넝쿨이 _ 65
도시의 바다 _ 85
모기의 꿈 _ 109
수니야, 고마워 _ 133
일탈 _ 155
3일간의 사랑 _ 181
치명적 사랑 _ 189

검은 눈의 수잔

검은 눈의 수잔

"모란역 7번 출구로 나오면 쌀국수집이 보일 거예요, 거기서 만나요."

여자는 그러면서 씩 웃는다.

여자? 여자라기보다 할머니라고 부르는 게 맞다. 주름지고 거칠게 그을린 피부가 도대체 성별을 구별하기 어려울 정도고 옷차림도 난해하다.

왜 썼는지 용도가 이해되지 않는 빵모자 아래로 지저분하게 삐져나온 흰색 검은색 뒤섞인 머리카락들과 아무렇게나 걸친 상의와 하의.

내가 저 할머니와 밤을 보냈구나.

그녀는 어젯밤 내 침대에 기어들어 왔다. 깊이 잠들었다가 웬 거친 호흡이 달려들었을 때 나는 엄청 놀랐다.

"누, 누구야!"

흐흐흐……. 일단 그녀는 흉물스럽게 웃었다. 그러고는 마치 어린아이가 젖을 빨듯 내 입술을 빨며 내 온몸을 더듬었다.

"나야 나, 차영순!"

차영순? 머릿속이 정리되지도 않았는데 몸은 반응을 한다. 나는 밤새도록 그녀를 안고 뒹굴었다.

독신생활이 어언 몇 년인가. 나는 굶주린 수컷이 되어 오직 본능에 충실했다. 그러고는 곯아떨어졌다가 날이 밝아 눈을 떴을 때 제일 먼저 확인한 것은 시간이다. 언제나 일찍 일어나는 내가 늦잠을 자고 말았다.

나는 시간 맞춰 학원에 가야 한다. 그런데 무언가 이상하다. 식탁에 밥상이 차려져 있는 게 아닌가. 배가 고팠지만 식욕은 동하지 않았다. 방 안에 가득한 나의 정액 냄새! 후각이 어지럽다. 비위가 상한다. 창문을 열고 세수를 하고 후딱후딱 일을 하면서 영 개운치 않다. 원, 내 몸에서 나온 냄샌데 왜 이렇게 비위가 상하나.

어젯밤 일이 꿈같고 그리고 불쾌하다. 뭐야 이 할매……. 어떻게 우리 집에 들어왔지? 어떻게 된 거지? 기억을 더듬어 본다. 참내.

문단속을 단단히 하고서 집을 나선다. 비로소 엊저녁 일이 생각난다. 어젯밤 나는 오랜만에 만난 옛 친구와 포장마차에서 막걸리를 한잔했다. 거기에서 차영순을 만났는데 그녀는 낯설지가 않았다.

'어디서 많이 보긴 했는데 누구지?'

누구였더라……. 뭐 그렇게 궁금하지도 않았다. 늦은 시간과 내일의 일정 때문에 나와 내 친구는 술도 몇 잔 못 하고 이내 일어서는데 차영순 그녀가 집이 멀어서 오도 가도 못한다고 투덜대면서 나에게 따라붙었다.

졸랑졸랑 내 뒤를 따라온 그녀는 나의 집 문 앞에서 나를 불렀다.

"나 하룻밤 재워 줘요."

나는 당치도 않은 그녀에게 대꾸도 안 하고 집 문을 열었고, 그녀는 주인인 내가 발을 들여놓기도 전에 얼른 내 집으로 들어왔다.

"나 한구석에서 죽은 듯 있다가 나갈게, 응? 내쫓지 마."

사정을 하며 눈치를 살핀다. 참내 기막혀. 그러고는 말도 안 되는 일이 벌어진 것이다.

게다가 재워 준 보답으로 뭐 점심을 산다나, 모란역 7번 출구로 오라며 그 잘난 얼굴에 잔뜩 웃음을 보이고는 바이바이까지 하고 나간 것이다.

살다 보니 별일 다 있네. 그러다 보니 학원 시간이 늦어졌다. 나는 시간을 지키기 위해 뜀박질을 해야 한다.

첫 시간이 수학시간인데 깐깐한 여교사가 늦는 걸 제일 싫어한다. 검정고시를 치르기 위해 나는 수업을 받는 학원 수강생이고 그녀는 교사이다.

나는 중고교를 다니긴 했으나 미인가 학교를 다닌 까닭에 졸업 자격이 없다. 대학을 가려면 검정고시에 합격해야 하고, 그러기 위해서 학원에 다니고 있다.

그러면 진작 공부하지 왜 40이 다 된 이제야 대입이라는 도전을 하느냐면……. 나에게 두 명의 여동생이 있는 까닭이다.

결론부터 이야기하자면 두 동생은 결혼까지 완벽하게 시켰다!

돌아가신 나의 어머니가 마지막으로 하신 말씀은 지금 생각해도 슬프다.

"재명아 어떡하니. 그나마 나마저 이렇게 돼서……. 너 대학은 어떡하니……. 어떡하니, 네가 동생들도 길러야겠다. 어떡하니."

어머니는 나오지 않는 목소리를 쥐어짜 간신히 내서 겨우 우리 3남매 걱정만 하다가 마지막 숨을 멈췄다. 나는 장례를 치르며 어머니께 약속했다.

"엄마, 우리 경애 은애 걱정은 하지 마세요! 못났어도 내가 있잖아요. 내가 목숨 걸고 잘 키워서 시집보낼게요. 약속해요."

인가 없는 야간 고등학교를 졸업하고 부 선망 단대 독자라는 이유로 군 입대를 면제받은 나는 이제부터 무엇을 해야 하나 심각하게 고민 중이었는데 어머니는 대학 갈 것을 강력하게 주장했다. 그러다가 별안간 찾아온 백혈병에 의해 돌아가신 것이다.

어머니와의 약속을 지키기 위해 나는 동생들에, 동생들에 의한 동생들을 위한 계획을 짜고 실천에 옮겼다. 어머니가 물려준 경기도 광주의 초라한 집, 방 두 칸에 부엌 하나 구조의 집을 세를 놓고 동생들 학교 가까운 곳에 집을 얻었다. 동생들 학교 다니기 편하게 하기 위해. 그 옛날 맹자의 어머니도 그렇게 하지 않았던가. 그리고 내 몸을 아끼지 않고 일을 했다.

인가 없는 야간 고등학교 졸업장 가지고는 제대로 된 취업을 할 수 없기에 안 해 본 일이 없다.

그러다가 이 사회에서 살려면 기술을 가져야 하겠다는 깨달음에 의해 운전을 배우고 취업을 하고 두 동생을 길렀다.

고맙게도 나의 두 동생은 착실하게 잘 자라 주었다.

큰 여동생 경애는 여고와 전문대를 졸업하고 직장생활을 시작하면서 오빠도 어서 대학에 들어가라고 했다. 학비를 대준다면서. 말이라도 고마웠다. 그렇지만 내 뜻은 확고했다. 어머니께 드린 약속이 있었다.

"너희들 결혼자금이나 잘 모아라, 내 문제는 너희들 결혼시킨 그 다음에 생각할 테니까."

결혼 문제도 학교 진학이나 취업의 단계처럼 성실하게 밟을 수 있다면 얼마나 좋을까. 그랬다면 좀 더 나의 순서를 빨리 시작할 수 있었을 텐데.

제법 까다로운 성격으로 결혼이 더디던 경애가 시집을 가고, 일찍 연애를 시작했던 막내여동생을 출가시키니 내 나이가 어느새 사십을 바라보는 나이가 되었다.

세를 놓았던 경기도 광주의 작은 하꼬방 집도 땅 값이 꽤 올라 웬만큼 경제력을 갖게 된 나는 일단 나도 대학을 졸업해야 한다고 생각했다. 마지막 숨을 몰아쉬면서도 너 대학은 어떡하니, 어떡하니 하던 어머니를 잊을 수 없어서.

'그까짓 대학 가면 되지요. 어머니, 갈게요. 갈랍니다!'
라면서 이를 악물고 대학 가기 위한 노력을 시작한 것이다.

수학선생은 늦은 시간에 교실에 들어서는 나에게,
"시간 지켜 주세요."
얄밉게 한마디 던지곤 수업을 진행한다.

뭐 스무 살 때였다면 미안하기도 하고 죄송하기도 해 좌불안석이었겠지만 나는 이젠 사십을 바라볼 뿐 아니라 산을 넘고 물도 건넌 넉살 좋은 남자인지라 피식 미소도 아니고 그렇다고 울상도 아닌 어정쩡한 표정을 잠깐 떠올렸다가 말았을 뿐이다.

수학교사가 어쩌고저쩌고 설명하는 것을 대충 이해하기로 하고 다음 국사시간을 맞이했다. 사회교사가 국사도 겸해 강의하는데 역시 젊은 여교사다.

의례적 인사를 주고받은 후 그녀의 첫 질문은 재미있었다.

"살수대첩을 압도적으로 승리한 장군의 이름이 무엇이지요?"

내가 대답하려고 입을 열기 전 엉뚱한 대답이 튀어나온다. 내 어머니 연배의 유준희라는 늙은 여학생인데 입이나 다물지……. 모르면서 왜 나서는지 참.

"김좌진 장군이요!"

난 그만 웃음이 터질 뻔하는 것을 간신히 억제한다. 여교사의 얼음처럼 냉정한 눈과 순간 마주쳤기 때문이다.

'아참! 웃으면 안 되지.'

그렇지만 초등학교 시절 국사시간에 정말 얼마나 열심히 외운 자랑스러운 우리의 역사인가. 살수대첩 을지문덕, 패수[귀주]대첩 강감찬.

백만 대군을 이끌고 우리 작은 나라를 초토화하려고 들이덤볐던 수나라 문제, 양제가 간신히 목숨만 살아서 돌아간 그 역사를 나는 얼마나 재미있게 공부했던가.

그리고 독립군을 이끌고 일본 군대의 간담을 서늘하게 한 김좌진 장군! 정말 자랑스러운 이름 김좌진 장군이지만 살수대첩과는 시대, 연대가 어떻게 다른데 그 이름을 살수대첩에 들먹인담.

지도를 보면 거대한 땅덩어리를 독차지하고 있는 중국. 거기에 비교하면 작은 혹에 불과한 우리나라가 수나라와의 거듭된 전쟁에서 이겼다는 것은 기적이다.

지금도 잊을 수 없는 나의 6학년 담임 백효현 선생님은 우리가 이길 수 있었던 힘은 지혜였음을 강조했다. 그리고 돈보다 지혜 갖기를 힘써야 한다고 누누이 말했다. 지혜를 가지려면 공부를 열심히 해야 한다고 하면서. 어린 나이에 감동적으로 들은 탓인지 이 가르침은 나에게 유난히 각인되어 어린 시절 나는 열심히 노력하는 학생이었다.

사실 어머니의 별세 이후 두 동생을 기르기 위해 생활전선에 뛰어들면서 한 줄기 불안감이 있었다. 공부를 만일 다시 할 수 없게 되면 나는 지혜로운 사람이 될 수 없을 것 같은 불안감. 그럴 때마다 나 자신을 타일렀다. 좀 늦게라도 공부하면 돼! 어머니와 약속 때문이라도 늦어도 공부하자. 좀 늦게 공부해도 머리가 나쁜 편 아니니까 괜찮을 거야.

결국 나는 생각에만 그치지 않고 실천하고 만 것이다. 일단 지금은 열심히 공부하는 거야. 언제나 여기에 생각이 이르면 나는 입을 사려 다문다. 열심히 공부하는 거야!

백효현 선생님! 공부 열심히 하겠습니다! 그래서 지혜로운 사람이 되겠습니다.

며칠 만에 나타난 차영순은 거대한 화원에서 종일 일하다가 왔다고 했다.

"뭐 이 꽃 이름이 검은 눈의 수잔이라나. 아무튼 주길래 집이 주려구 가져왔어. 어디 어떤 꽃이 피나 한번 두고 봐."

그런 이름의 꽃도 있나……. 나는 대꾸도 않고 쳐다보지도 않았다. 계속 무어라 주절대다가 내가 무응답으로 일관하자 무안했던지 그녀는 화분을 놓고 슬그머니 나가 버린다. 그녀가 나간 후 화분을 보면서 나는 의아해한다. 검은 눈의 수잔? 멋진 여자의 이름 같다. 그러나 잎사귀는 그저 그런데. 흔하고 평범하게 생긴 잎사귀가 달려 있는 화분을 무심히 바라보다가 쳇! 하는 반응을 보인 나는 고단했던지 그냥 꿈나라로 직행해 버렸다. 잘못했지……. 차영순이 나간 후 문단속을 할 것이지.

다음 날 아침 눈을 뜬 나는 아차 싶었다. 그녀 차영순이 알몸으로 내 이불 속에 같이 있는 게 아닌가.

게다가 미친 듯 나에게 달려들어 내 입술을 마치 굶주린 개처럼 핥아 댄다. 어차피 처음도 아니면서 뭘 그래 주절대면서. 나는 그만 또…….

일이 끝나고 나는 소리를 질렀다.

"에이 증말! 이젠 오지 말아요!"

차영순은 징그럽게 미소 짓는다. 노여움도 타지 않는다.

"흐흐 너무 구박하지 마. 그래도 이담에 내가 생각나면서 보고 싶을 때도 있을걸."

"아휴 끔찍해. 나 원 뭐 이런 개 같은 경우가 있어."

차영순의 얼굴이 흐려지는 것을 보면서 나는 다시 소리 질렀다.
"또 오면 경찰서에 주거침입으로 신고할 거야!!"
자리에서 일어나 옷을 주섬주섬 입으며 그녀는 중얼거렸다.
"알았어, 알았어. 이제 안 올게."

차영순이 나간 후 나는 잠금장치를 바꾸든지 이사해 버리든지 해야겠다고 생각을 굴렸다. 현관 도어가 밖에서 열쇠를 돌려야지만 잠긴다. 안에서 닫으면 그저 닫히기는 해도 잠기지를 않는 것이다. 위에 따로 설치한 문고리를 채워야 하는데 나는 늘 그냥 내버려 둔 채 잠들어 버린다. 익숙하게 살아왔다. 고쳐야지 생각만 하고 살고 있었는데 이젠 정말 고쳐야지.

그녀는 툭하면 익숙하게 나타나고 그리고 익숙하게 잠을 잔다. 이렇게 늙은 여자에게 질질 끌려가면 안 될 것 같은 위기감…….

그래도 이번에는 내가 좀 모질게 말을 했던지 그녀는 정말 한동안 나타나지 않았다. 다행이다 싶으면서도 슬그머니 궁금해지기도 한다. 젠장, 내가 이러다가 그 늙은 여자와 살림 차리는 거 아녀. 끔찍해라.

"이게 검은 눈의 수잔인가?"
나는 검은 갈색으로 말라 가는 작은 화초 해바라기같이 생긴 꽃을 손가락질하며 물었다. 사내아이는,

"아저씨, 그 꽃은 백일홍의 일종인데요, 다 말라빠진 걸 무엇에 쓰려구요?"

웃으며 대꾸하건만 나는 내 딴에 검은 눈의 수잔이라고 생각되는 꽃을 손에 집어 들었다.

그랬다. 말라빠진 시커먼 꽃이 꼭 검은 눈의 수잔일 거라는 느낌을 주는 게 아닌가.

"아마 이게 그걸 거야, 검은 눈의 수잔."

그녀 차영순이 가져다 놓은 검은 눈의 수잔은 내가 무신경한 사이 그대로 말라비틀어져 죽었다.

그녀는 내가 도어록으로 잠금장치를 바꾼 날도 내 집에 왔다가 내 집에 침입을 못하고 포장마차로 갔다.

거기서 술을 진탕 먹고 비틀거리며 내 집에 왔으나 나는 세상모르게 잠들었고 그녀는 들어올 수 없어서 발길을 돌려 거리를 걷다가 사고를 당했다.

그녀가 사고를 당한 사실을 나는 전혀 몰랐다. 하긴 모를 수밖에.

무심하게 나날을 보내고 모처럼 일요일 쉬고 있는데 누군가 찾아왔다. 노크를 하기에 문을 열고 보니 웬 귀부인이 서 있다. 그녀는 꼭 해야 할 말이 있다면서 함께 차를 마시자고 했다. 솔직히 썩 내키지 않았다. 아무리 사십을 바라본다지만 나는 엄연히 총각이다. 그뿐인가 동생들 키우느라 아가씨하고 연애 한번 제대로 못해 본 나다.

운수불길하게도 차영순이라는 늙은 여자와 얽힌 것도 모자라 아무리 귀티가 난다고 하나 역시 할머니인 여자가 찾아오다니. 나는 왜 할머니들과 얽히는 것일까. 이만저만 속상한 게 아니다.

어쨌든 일단 대학 입학과 졸업의 목적을 달성하면 결혼도 생각해 봐야 하겠다. 이런 엉뚱한 일에서 벗어나야지.

간곡하게 차 한 잔 하자는 그녀— 귀부인과 근처의 카페로 가서 아메리카노를 주문하고 마주 앉았다.

"내가 누군가 하면 차영순이라고…… 아시지요? 그 영순이 친구예요. 영순이랑은 한동네에서 태어나 같이 자랐어요."

차영순이라는 이름을 듣자마자 나도 모르게 눈살을 찌푸렸던 것 같다. 그녀는 물끄러미 나를 바라보았다.

"내 말 듣기 싫으세요?"

나는 대꾸하지 않았다. 무슨 말을 하든지 말든지 맘대로 해요. 아무것도 궁금하지 않으니까. 속으로 그렇게 대꾸하며.

"사실은 영순이가…… 죽었어요."

"에? 아니 왜요?"

그녀 영순이가 죽었다는 말은 다소 놀랍지 않을 수 없다.

"술을 먹고 밤늦게 다니다가 사고를 당한 거 같아요."

나는 고개를 끄덕였다. 하긴…… 술도 말술을 먹어 대니 사고 당할 만도 하지.

그녀 귀부인은 영순의 부음과 함께 영순에 대해 이야기를 장시간 늘어놓고 갔다.

영순이는 빈한한 집 맏이라고 했다. 부모에게 영순은 구박덩어리에 불과했다. 당연히 받아야 할 교육을 일절 받지 못해 글도 읽지 못하는 문맹으로 자라다가 열일곱 살 되던 해 딸을 떠넘기듯 시집보냈다고.

열일곱 살짜리를 시집보냈다고? 내 바로 밑에 여동생 경애가 열일곱 살, 여고 1년일 때 어머니가 돌아가셨다. 나는 스무 살이었고. 그때 나도 뭐 그렇게 장성한 나이는 아니었다. 그럼에도 불구하고 내 동생 경애가 그리고 중2였던 은애가 그렇게도 어려 보이고 가엾고, 내가 지켜 주고 길러 주어야 하는 언 병아리 같아 안타까웠던 그때의 심정을 무어라 표현할까.

하물며 부모의 심정은 그만 못할까? 열일곱 살짜리를 어떻게 남을 주고 잠을 잔단 말인가.

"애비가 의붓아버지였어요. 그래도 그렇지, 그 어린 걸 애비가 강제로 겁탈을……."

나는 차마 못 들을 말을 듣는 것 같아 차라리 귀를 막고 싶었.

"영순이 엄마가 딸이 당하는 꼴을 볼 수가 없어 서둘러 시집을 보냈지요."

참 안됐구나 싶으면서도 나는 차영순의 친구인 귀부인에게 묻고 싶었다. 왜 나한테 이런 이야기를 하시나요? 솔직히 별로 듣고 싶지 않은데요, 아니 듣기 싫네요.

"시집가서 애들두 낳았구 그런대로 잘 살 줄 알았어요. 그런데 영순이가 복이 없는 애였던지…… 애들을 키워서 여의자마자 남편이 풍을 맞구 자리보전했지요. 시어머니두 얼마 전까지 건넌방에서 누워 있다가 돌아가구 남편두……. 사실상 가장이었던 영순인 안 해 본 일이 없어요. 억척같이 일해서 애들 학교 보내구 시어머니 약값 남편 병원비에……. 애들은 시집갔고 시어머니도 남편도 이제 다 돌아가서 영순이두 발 뻗구 잠 좀 자면서 살게 될 줄 알았는데……."

그래서요? 참 안됐긴 하네요. 그러나 하고자 하는 말이 대체 뭔가요? 나는 치받는 말을 뱉지 못하고 인내한다. 묵묵히 식어빠진 커피를 한 모금씩 맛보는 것밖에 할 게 없다. 원 좋은 얘기도 아니고 내가 왜 도대체 이런 이야기를 들어야 한단 말인가.

"얼마 전 친구라고 나를 찾아와서는 우는 거예요, 글쎄. 이 가엾은 것이 날더러 묻더라구요. 왜 이런 거냐구……."

무슨 말인지 말귀를 알아듣지 못한 나는 눈만 껌벅였다.

"김재명 씨한테 특별한 감정을 느낀 거예요 생전처음."

"……."

"자꾸만 김재명 씨가 보고 싶고, 아무리 구박해도 김재명 씨한테 가고만 싶다고……. 이런 감정 처음 느껴 봤다면서 펑펑 우는데 너무나 불쌍하더군요."

기가 막혀서……. 나는 어이가 없다. 꽃다운 아가씨가 나를 좋아해 준다면야 얼마나 다행일까. 그러나 차영순이라는 늙은 여자는……. 차라리 안 듣느니만 못한 말 아닐까.

귀부인은 눈시울을 적셨다.

"그 불쌍한 것이…… 그저 주어진 대로 살면서 늙어서까지 남편과 시어머니 병 수발드느라 딴 맘 한번 못 먹어 본 것이…… 김재명 씨를 만나 처음으로 남녀 간 애정에 눈을 뜬 거예요. 어떻게나 서럽게 우는지 너무 안돼서 내가 같이 울었답니다. 평생 연애감정 한번 느껴 볼 겨를 없이 거친 일에만 치어 살던 게 너무 불쌍해서……. 그래 놓구선 얼마 지나지 않아 글쎄 사고를 당해서 세상을 떠나 버렸어요. 김재명 씨, 미안해요. 이런 이야기를 해야 하나 말아야 하나 많이 생각했는데요, 그래두 영순이…… 걔두 사람이잖아요. 영순이 그 마음은 김재명 씨에게 전달해야 할 것 같았어요. 하우스에서 재배하는 꽃 이름이 뭐, 검은 눈의 수잔이라나 그걸 김재명 씨한테 가져다준다구 울면서 예쁜 화분에 옮겨 심더라구요. 김재명 씨, 영순이 걔 마음을 기억해 주세요. 가진 거라고는 오로지 착한 마음씨 하나, 정말 마음 하나는 비단같이 고운 애였어요.

너무 부모도 잘 못 만나고 세상도 잘 못 만났지만. 정에 굶주리고 사랑에 목말랐다가 김재명 씨를 만나서 사랑이라는 감정에 눈을 뜬 거예요. 하우스에서 무거운 짐을 나르는데 여자가 이런 걸 어떻게 하느냐고 김재명 씨가 대신 날라 주었다면서요. 그리고 같이 잘 때 이불을 끌어다 덮어 주구, 옷도 사 주구요. 불쌍한 우리 영순이한테 친절하게 해 줘서 정말 고마워요."

참내, 나는 도무지 기억에도 없는 사연이다. 같이 잠잔 사건만 해도 그렇다. 불시에 쳐들어온 불한당 같은 그녀에게 당한 것만 같은, 아니 당한 게 분명한데 나는 억울한데…… 그 경황 중에 내가 이불을 끌어다 덮어 주었다고?

문득 나는 학원 가야 하는데 암만 깨워도 세상모르고 고단하게 자기에 이불을 덮어 주고 나온 어느 아침이 생각났다. 그러면서 너무 초라하게 널브러져 있는 그녀의 옷들도 보았다.

그날 나는 모란시장에 가서 그녀의 옷을 몇 벌 사 주었다. 싸구려지만. 어느 틈에 시장을 쫓아왔는지 내 뒤에 서 있기에 그 자리에서 전해 주자 그녀는 펄쩍 뛰며 좋아했다.

"어머니신가 봐요?"

하필 학원 수학교사가 지나다가 보고 아는 척을 했다.

아아, 나는 얼마나 부끄러웠는지 모른다. 그래서 한층 더 냉정한 표정을 하고 돌아서서 버렸다. 얼른 가 버려요! 그렇게 핀잔하면서.

참내, 내가 그런 짓도 했구나……. 그리고 하우스에서 무거운 짐을 들어 주었다고? 내가 하우스 간 건 딱 한 번 친구에게 부탁받아 친구 대신 트럭을 몰고 비료를 실어다 주러 갔는데…….

순간 어떤 늙은 여자가 낑낑대며 비료부대를 짊어지던 게 생각났다. 무거운 짐은 대부분 사람이 나르지 않는다. 기계로 웬만한 일은 다 처리하는데 아마도 한 개만 다른 장소로 이동할 일이 있던 모양이었다. 힘겹게 늙은 여자를 시켜 나르게 하는 걸 내가 보고도 모르는 체하지 않고 대신 날라다 주었다. 그 할머니가 차영순이었던가.

귀부인의 하소연을 들어주고 그리고 귀부인은 돌아갔다. 홀로 남은 나는 터덜터덜 집으로 돌아왔다. 마음이 먹먹하다. 집에 와서 침대에 벌렁 드러누워 버린다. 나도 모르게 까닭 모를 눈물까지 한 줄 흘러내린다. 참내…….

그녀가 들고 온 화분을 새삼 찾아서 들여다보니 말라비틀어진 모양이 처량하기 짝이 없다.

너두 참, 물주는 걸 좀 잊어버릴 수도 있지 고사이 이렇게 빼빼 말라죽어 버리니.

'영순이 걔도 사람이잖아요.'

왠지 그 말이 마음을 찔렀다. 암 사람이고말고……. 어쩐지 가슴이 아리기까지 한다. 사람이면서 제대로 사람 취급 못 받고 산 한

평생……. 가엾어라.

부모로부터, 세상으로부터 사랑받지 못한 여자이지만 그래도 모진 바람을 막아 주는 바람막이가 되어 자기의 아이 둘을 길러 낸 장한 엄마. 나도 내 두 동생을 가르치고 길러 시집보냈다. 그게 젊은 남자인 나에게도 쉬운 일은 아니었다.

젊어서 처자식 부양보다는 술타령을 더 좋아했다는 남편의 병수발과 거기에 시어머니 병수발까지 한평생 떠맡고 버티어 낸 영순이란 여자. 그렇게 힘든 인생을 살아 냈으면 이제 좀 편안해질 것이지 허무하게 죽긴 왜 죽는담. 그리고 왜 하필 나를 만났을까.

같은 또래의 정 많은 사람을 만나서 따뜻한 사랑을 주고받았으면 오죽이나 좋을까.

그녀 영순이가 사고 당한 날을 알아보니 내가 도어록을 장착한 그날이다. 그녀가 집에 들어오는 것을 막기 위해 잠금장치를 바꾼 그 밤 영순은 사고를 당한 것이다. 술 취한 그녀를 역시 술 취한 운전자의 차가 사정없이 치어 버린 것이다. 내가 문 잠금장치를 바꾸지만 않았더라도 그녀는 죽지 않았을지도 모른다. 아니 안 죽었을 것이다.

결국 나의 몰인정이, 나의 이기심이 가엾은 그녀를 죽게 한 것이다. 생각이 거기에 이르자 나는 가책을 느꼈다. 처음부터 얽힌 것이 잘못이다. 이 사실에 대해서 과연 나에게 일말의 책임도 없을까? 아니다. 책임이 어떻게 없으랴. 게다가 영순이라는 여자가 나에게 사랑을 느끼고 울었다는 사실은 못내 가슴 아팠다. 얼마나 사랑에 목말랐으면…….

얼마 동안 이 일에서 벗어나지 못한 나는 영순이가 잠들어 있다는 공동묘지에 한번 가 보기로 했다.

그래, 같은 외로운 사람의 도리로도 사람에 대한 예우는 해 주자. 그래야 나도 마음이 편해지지. 생각에 생각을 거듭한 결과 이왕이면 검은 눈의 수잔이란 꽃을 가져다주기로 했다.

나는 영순이 일했다는 화원을 찾아갔다.

"이게 검은 눈의 수잔인가?"

짐작으로 어느 꽃을 지목했더니 화원을 지키고 있던 사내아이가 그게 아니고 이거라고 가르쳐 준다. 나는 그 꽃 화분을 받아 들고 물끄러미 들여다본다. 어디선가 본 듯한 낯익은 꽃이다. 네가 검은 눈의 수잔이구나. 영순의 얼굴이 떠오른다. ◎

공원에서 웃다

공원에서 웃다

 벌써 설이 낼 모레. 명절을 준비해야 한다. 남편이 집안의 장남이어서 떨어져 지내던 가족들이 방문할 것이다. 손님 맞을 채비를 해야 한다.

 집안청소며 정리를 해야 하고 음식을 해야 한다. 말이 쉽지 어느 것도 만만하지 않다. 음식을 하려면 먼저 양념 준비를 해야 한다. 지금 집에 마늘이 없다. 시장을 몇 바퀴째 돈다. 물건이 마음에 들면 가격이 턱없이 비싸고, 가격이 웬만하다 싶으면 물건이 보잘것 없다. 시간이 없다. 담에 사든지 아니면 마음에 안 들어도 사 들고서 약속장소로 가야 한다. 잠시 생각하다가 결단을 내린다.

 '지금 사야 한다. 시간적 여유가 있는 지금이라야 손질도 힘 안 들고.'

결심하고 눈여겨 둔 집으로 향한다. 이때 휴대전화가 더는 못 참 겠는지 용을 쓰며 길게 운다. 보나마나 최 선생이다. 엊그제 약속한 그 카페에서 만나야 하리라.

참 어렵다. 지금은 최 선생 면담보다 마늘인데. 어쨌든 이건 내 사정이다.

전에는— 약속을 깜박 잊기도 잘했다. 눈앞 일을 우선시하다 보면 아무래도 핑계는 언제나 있게 마련이다. 눈앞 일에 몰두하면 신기하게도 약속시간은 날개 돋친 듯 지나간다. 휙!

'모든 일에 순서를 매겨 놔야 실수가 적을 것 같애.'

나에게 타이르며 마늘을 악착같이 사 들고 약속장소로 간다.

최 선생은 약속 지키는 것밖에는 할 일이 없는 것처럼 시간 전부터 와 있었단다. 속으로 좋겠다, 부럽다! 외치며 얼굴로는 더없이 다정하게 웃어 준다. 그녀에게 있는 시간적 여유가 정말 부럽다. 도대체 난 왜 이렇게 바쁜 거야?

차를 시켜 놓고 따뜻한 차를 마시며 잠시 여유를 가지려고 애써 본다.

하긴 생각해 보면 결혼 전에는 나도 여유가 있었다. 불쌍한 엄마한테 모든 일을 미루고……. 나는 언제나 바빠서 뛰어다니던 내 엄마를 제대로 도와드린 적이 별로 없는 무정한 딸이다.

'아! 엄마 미안해……. 엄마가 이렇게 힘든 줄 정말 몰랐어. 그때

로 돌아갈 수만 있다면, 정말 그럴 수만 있다면 엄마 돕는 일을 최우선으로 할 텐데…….'

때늦은, 아니 지금 이 상황에서는 당치도 않은 회개를 가슴이 미어지는 심정으로 허공에다 해 댄다.

나의 어머니는 병약한 아버지 탓에 가정의 경제를 떠맡고 너무나 고생을 하셨다. 가장의 역할과 우리 4남매의 어머니 역할, 그리고 가사를 돌보는 주부의 역할까지 어느 것 하나 쉬운 건 없었던 어머니.

4남매를 기르는 일이 어디 쉬운가.

아버지가 경제를 책임져 주지 못하니까 어머니가 발 벗고 나섰다. 다행히 어머니는 사업 수완이 있었다. 서대문에서 스테인리스 그릇가게를 하면서 우리를 줄줄이 학교를 보냈다. 우리는 어머니의 고생은 전혀 생각지 못했다. 늦게 퇴근한 엄마가 밤을 새워 김치를 하고 세탁기를 돌리고…….

공부를 핑계로 어머니의 힘든 것을 알려고도 하지 않았다는 것을 이제야 후회하는 나는 얼마나 철없는 딸인가.

이종사촌 언니가 호주로 유학을 가면서 넌지시 나에게 함께 가자고 했다.

마침 대학입시에 실패했던 나는 전화위복이라고 내 멋대로 생각하고 엄마를 졸랐다. 어머니의 경제적 부담이 어떠한 것인지는 알려고도 하지 않았다.

결국 불쌍한 어머니는 철부지 나를 유학 보냈다. 언니의 딸과 숙식을 함께할 수 있다는 조건이 어머니에게 용기를 주었다고 했다.

어쨌든 나는 어머니 덕에 유학까지 했다. 그랬으면 좋은 조건을 갖게 된 것을 이용해 취업하고 어머니께 효도 좀 할 것이지……. 그랬으면 얼마나 좋았을까. 못된 송아지 엉덩이에 뿔 난다고 나는 유학시절 시드니에서 지금의 남편과 만나 연애하고 졸업하자마자 결혼했다.

시어머니가 유학 중 만난 여자라고 결혼을 반대했다는 것을 나중에 알았다. 맏며느리는 좀 조건이 낮아야 한다나 뭐라나. 그러나 내 배 속에 우리 첫째 주니가 들어 있었기에 남편은 결사적으로 자기 어머니에게 매달렸다고.

부끄러운 일이지만 그때 나는 남편만 눈에 보였다. 남편 역시 나만 보였을 것이다.

엄마는 한심한 맏딸인 나에게 혼수를 제대로 챙겨 주려고 얼마나 애썼는지 모른다.

아! 불쌍한 울 엄마!

아이들을 기르며 살림을 사느라 옛날 어머니처럼 동분서주하던 어느 날 어머니가 쓰러졌다는 연락을 받았다.

그제야 나는 정신이 번쩍 들었다. 나는 어머니를 마치 무슨 요술쟁이나 만능의 신처럼 의지한 것은 아닌가. 내 어머니는 병약한 남편을 만났을 뿐인 한 연약한 여자에 불과한데……. 아! 엄마 제발…… 제발…….

불길한 예감에 벌벌 떨며 병원에 가던 기억은 지금도 너무 끔찍한 기억이다. 다행히 어머니는 회복하셨다. 좀 오랫동안 고생하시긴 했지만.

"뭘 그렇게 골똘히 생각해요?"

최 선생이 일깨운다.

최 선생은 결혼 시기도 비슷하고 하는 일도 같은데 어째서 나는 바쁘고 최 선생은 여유를 누린단 말인가. 거대한 검정 비닐봉지를 보는 최 선생의 눈은 마치 나를 비난하는 것 같다.

"박 선생님, 뭐 그렇게 큰 봉지를 들고 다녀요. 그게 뭐예요?"

"마늘이요."

최 선생은 세상에, 세상에를 연발한다. 우리가 주제로 삼아야 하는 용건은 뒤로 밀리고 어느새 가사 이야기를 주고받는다.

"마늘을 뭘 사서 까요? 갈아 놓은 것도 파는데."

핀잔한다. 깐 마늘은 방부제를 발랐대요. 머릿속에 떠오른 대답을 입 밖에 내기도 전에 최 선생은 연신 핀잔한다.

"일을 사서 해요. 그러니까 바쁘지. 난 배추 다섯 포기면 김장 끝인데 그것도 내가 직접 안 해요."

"세상에! 다섯 포기두 김장이야?"

시부모님 별세와 딸아이 주니의 출가로 함께 거주하는 가족이 딱 반으로 줄었다. 김장배추 숫자도 많이 줄었다. 그럼에도 불구하고 주변에서 웬 김치를 그렇게 많이 하느냐 소리를 해마다 듣는다.

처음 결혼해서는 백 포기의 김장을 해야 했다. 세상에 태어나 처음 배추를 만져 보는 나의 사정은 아무도 알아주지 않던 그때가 새삼 왜 이렇게 억울한가.

최 선생과 헤어져 집을 향해 가며 내가 불쌍해진다. 최 선생의 용건은 꽤 큰 페이를 제시하며 자기네 학원으로 오라는 것. 호주에서의 유학 경력 덕분에 여러 번 이런 콜을 받았다. 번번이 지나쳤지만. 그러나 요즘 같은 때는! 이게 웬 횡잰가 눈을 크게 뜨고 할렐루야를 외치며 달려가야 하는 조건인데.

내 대답은…….

아! 인생은 만만하지 않다. 감안해야 하고 배려해야 하며 절대적으로 지켜야 하는 걸림돌이 얼마나 많은가. 눈앞에 정말 가지고 싶은 게 있어도 외면해야 하는 경우가 정말 많고 많다.

"어디서 뭐 하다 이제 오는 거야?"

집에 들어서자마자 남편이 볼멘소리로 맞는다. 까짓, 속상한데 막나가 봐? 놀다가 온다! 어쩔래? 목구멍까지 부아가 치밀었지만 오랜 인내 세월의 힘으로 꿀꺽 삼킨다. 남편이 새삼 한심해 보인다.

　결혼할 때 그때 왜 나는 당신밖에 아무것도 안 보였을까. 그 조건 좋은 신랑감들 다 놔두고, 왜?

　친구 보증을 잘못 서서 빚더미에 올라앉은 그를 구하고자 지금 일하는 학원 원장님과 계약을 했다. 시간이 많이 흘렀으나 아직도 꽤 계약기간이 남아 있다.

　마음속으로 그에게 눈을 흘기고 그러고는 부리나케 주방에서 왔다 갔다…….

　저녁식사를 끝내니까 나가서 걷자고 한다. 이대로 따뜻한 이불 속에 드러눕고만 싶은데…….

　'어이구 웬수!'라는 말이 머릿속에 떠오른다. 인정하기 싫지만 나이를 더해 가며 입이 거칠어졌다. 아니, 화가 날 때는 정말이지 도저히 평소 생각지 않던 말이 불쑥 튀어나온다. 어쨌든 여전히 부글부글 끓는 속을 달래려 애쓰며 남편과 거리를 두고 걷는데 남편이 앞에서 툴툴거린다.

　"왜 또 부었누? 툭하면 입에 못 담을 욕이나 해대고……. 어제 화장실에서 미친×이라구 나보구 욕했지? 다 들었어!"

　"내가 언제?"

　웬 생트집? 이건 도저히 용서할 수가 없다. 지금 얼마나 참고 있는데 뭐라고? 씩씩거리며 따지려 남편 옆으로 쫓아간다. 남편이 이죽거린다.

"딴청엔 이골이 났지. 내가 이렇게 예쁘게 생겨가지고 요 예쁜 입으로 그 따위 욕이나 하게 생겼어? 그러면서."

뜻을 전달 못 받은 나는 어안이 벙벙한데 남편은 되풀이한다.

"뻔뻔스럽기도 하지. 뭐? 내가 요 예쁜 입으로 욕이나 하게 생겼어라구?"

다음 순간 나는 터지는 웃음을 참지 못한다. 공원 한복판에서 나는 하늘을 향해 큰 소리로 웃어 젖힌다. 하하하……. 지나는 사람들이 흘깃거린다.

나는 내 주제를 안다. 남편! 당신이나 나를 예쁘다고 해 주지.

문득 어머니가 나에게 당부하는 목소리가 귓가에 들리는 것 같다.

'네가 잘 살아 주는 거야말로 이 엄마한테 효도하는 거야!'

나는 겉으로 웃음을 참으면서 마음속으로는 어머니께 다짐한다.

'엄마! 그럴게요. 주니 아범이랑 잘 사는 거, 그거라도 엄마 원대로 이루어 드릴게요.'◎

늦가을 비

늦가을 비

 여자는 왜 그렇게 할 일이 많을까. 아침에 눈 뜨자마자 눈곱도 채 못 떼고 제일 먼저 전기밥솥의 취사단추를 누른다. 그리고 화장실에 들어가 밤새 꽉 찬 방광을 비운다. 아이들 등교 남편 출근을 마치면 몸의 에너지 용량은 바닥난다. 그래도 일에 한이라도 맺힌 듯 설거지며 빨래 청소에 숨 돌릴 틈 없이 나대다가 공과금 수납일임이 생각나 집을 뛰쳐나왔다. 아슬아슬 마감시간에 맞추고 숨 돌리다가 비로소 머리 손질도 제대로 않고 뛰쳐나온 자신을 깨닫는다. 참 이건 갈데없는 부엌데기이다. 단정하다 못해 멋을 있는 대로 부린 다른 주부들을 보면서 우 여사는 괜히 주눅이 든다. 그러나 집에서 기다릴 할 일이 생각나자 이내 걸음을 옮긴다. 그런데,
 "얘! 너 우진자 아니니? 우진자 맞지?"

뒤에서 웬 늙수그레한 여자가 아까부터 흘끔거리더니 정확하게 우 여사의 성명 삼자를 불러 대는 게 아닌가. 모처럼 들어 보는 자신의 이름에 우 여사는 아참 내 이름이 진자였지 할 정도였으니 이름조차 잊고 살아온 세월이 몇 년이었던가.

"나야 나, 은숙이!"

"은숙이?"

그 이름을 되받으며 안경 쓴 여자를 바라본다. 여자가 안경을 벗는다. 어딘가 어색하긴 해도 분명 옛날 한 교실에서 같이 공부하던 친구 얼굴이다.

"너 김은숙이구나?"

"야! 이게 몇 년 만이냐? 너 많이 늙었구나!"

우 여사가 보기에 완전 언니뻘로 여겨질 만큼 늙은 동창은 오히려 우 여사의 늙음을 연신 감탄사를 발하며 일깨운다. 내가 이렇게 늙었나? 굵은 주름이 파인 친구의 얼굴을 보며 우 여사는 어쩐지 실감이 안 난다. 슬그머니 상점 전면 유리에 비친 모습을 보니 김은숙이나 우 여사 자신이나 비슷하게 늙어 있다. 우 여사는 씁쓰레 미소를 지으며 반가워하는 동창을 데리고 집으로 갔다. 그냥 헤어지는 건 너무한 것 같고 어디 들어가자니 돈도 시간도 아깝고 어쩌겠어.

"너 이 동네 살아?"

그녀들은 그동안 자신에게 있었던 일들이며 다른 동창들의 소식을 서로 쏟아내며 수다스럽게 시간을 보낸다.

"나 미국에서 살아. 너 몰랐어? 나 이민 간 거?"

치! 아니 제가 무슨 유명인사라고 내가 저 이민 간 걸 아누? 줄창 연락하고 지낸 것도 아니고.

"사실은……."

문득 김 여사는 조금 쑥스러운 표정이 되더니,

"나 있잖아, 첫사랑 만나러 왔다."

하는 게 아닌가.

우 여사는 어이가 없어 입을 딱 벌린다. 첫사랑? 그런 말도 하니 너는? 입 밖에 내서 면박을 줄 정도는 아니지만 그러나 우 여사는 김 여사가 쓸데없는 말을 하는 철부지로 보인다.

"부군은?"

우 여사는 그녀의 남편을 묻는 것으로 잡담을 막아 보려고 한다.

"우리 그이 갔어."

"뭐? 언제?"

다소 충격을 받은 우 여사가 묻자 김 여사의 아직도 깊고 맑은 눈에 벌써 눈물이 고인다.

"벌써 오 년 됐나. 교통사고루."

"아 그랬구나……. 애들은?"

"다 컸지 뭐. 결혼해서 잘들 살아."

"큰애랑 같이 사니?"

"얘는, 요즘 누가 같이 사니? 더구나 미국에서."

그런 건가. 우 여사는 잠깐 생각에 잠긴다. 너 외롭겠다. 첫사랑 타령 할 만하네. 결혼 후 시부모를 돌아가실 때까지 모시고 살았던 우 여사는 두 분이 차례대로 유명을 달리하자 처음에는 적응하기 어려울 만큼 두 분의 자리가 큰 데 놀라며 힘들었던 것을 기억한다.

"많이 외롭겠구나."

"그래, 나 그랬어. 그런데 그 사람 소식을 들은 거야."

"그 사람?"

잠시 그 사람을 곱씹어 보던 우 여사는 아참 첫사랑! 하고 깨달으며 김 여사의 다음 말을 기다린다.

"날 아직 못 잊었다면서 보고 싶다구, 죽기 전에 얼굴 좀 보자구. 흐흐…… 나쁠 거 없잖아. 그래서 겸사겸사 왔어."

"그동안 서로 연락하구 그랬어?"

"아니, 그냥 우연히 연락이 닿았어. 그 사람 크게 성공했다더라."

'얘 첫사랑이 누구였지? 내가 알고 있었나? 아냐, 난 전혀 생각 안 나.'

눈앞에서 립스틱을 짙게 바르고 연신 나불대는 동창생의 입술이 문득 역겹다. 별안간 그녀가 낯설어지지만 우 여사는 그러나 따뜻한 물을 그녀의 컵에 따라 주었다.

"얘, 목마르지. 물 더 마셔."

김은숙 여사는 그런 우 여사를 흘겨본다. 얘, 너는 물밖에 줄줄 모르니? 과일도 좀 더 깎고 다른 먹을 것도 좀 내놔라. 몇 년 만에 만났는데 대접이 이게 뭐니?

첫사랑과의 재회를 홍보 내지 자랑하다가 김은숙 여사는 문득 찜질방에 가자고 했다.

"밥은 네가 먹여 줬으니까 사 먹지 않아도 되고, 찜질방은 내가 낼게."

"돈을 누가 내는 게 문제가 아닌데······."

"뭐가 문제야. 어여 가자."

참내, 기가 막혀서. 잠시 후면 남편이 칼처럼 퇴근해 올 테고 귀여운 막내가 학원을 두 군데 거쳐 후줄근해져서 귀가할 텐데 나더러 어딜 가자고?

"낼 아침에 가면 안 되겠니?"

"얘 좀 봐. 그것도 가고 싶을 때 가야지 아무 때나 가니?"

우 여사는 잠시 생각하다가 일단 남편에게 전화를 해 본다.

"어디야? 왜 아직 안 와?"

남편은 의외로 반가운 말을 한다.

"나 좀 늦어. 나 밥 먹고 들어갈게."

하는 게 아닌가. 우 여사는 슬쩍 남편에게 애교스런 목소리를 낸다.

"그럼 나 친구랑 찜질방 가두 돼?"

"뭐? 찜질방?"

남편은 잠시 생각하는 모양이더니 갔다 오라고 승낙한다.

"나 낼 아침에 온다!"

우 여사는 어쩐지 즐거운 생각이 들면서 웃는다. 처음 해 보는 일이다. 친정 동생들과 몇 번 가 보았으나 밤을 샌 적은 없다. 뭐 그렇게 해 보고 싶다고 생각해 본 적도 없지만 친구— 그것도 졸업하고 통 못 만났던 여고 동창생과 같이 가 보는 찜질방은 어쩐지 해방감이 느껴진다. 귀여운 막내에게는 편지를 써 놓고 우 여사는 여전히 쉬지 않고 나불대는 친구와 함께 집을 나섰다.

"얘, 넌 찜질방 가는 것도 남편 허락을 받니?"

"얘는— 허락이라기보다 말은 해야지."

"그냥 네 맘대로 하면 안 되는 거야?"

참내, 얘는 뭐 말거리도 안 되는 거 갖고 시비야. 무던한 우 여사는 그냥 웃어넘긴다.

주말이면 발 디딜 틈 없이 붐비는 생긴 지 얼마 안 되는 찜질방은 평일인지라 한산하다.

"너 어디서 묵니? 친정?"

"아니. 친정이 어딨어. 부모님 돌아가신 지가 언젠데."

쉴 새 없이 입을 나불대던 김 여사가 조금 시무룩해진다.

"호텔에 있어."

"호텔? 거기 비싸잖아."

"그이가 호텔비 부담해 주겠다구 했어."

"그이?"

우 여사는 더 이상 얘기하지 않기로 한다. 어떤 넋 빠진 인간이 돈이 무지 많은 모양이지, 감당 못할 만큼.

뜻하지 않게 만난 여고 동창 김은숙은 밤새도록 우 여사는 아무런 관심 없는 이야기만 귀가 아프게 해 대다 새벽녘에 곯아떨어졌다. 우 여사는 피곤했지만 잠이 오지 않는다. 연신 하품을 해 대며 잠을 청해 보지만 정신은 점점 또렷해진다.

잠든 김 여사의 얼굴에서 비로소 소녀 때의 모습이 보인다. 우 여사는 문득 까맣게 잊었던 어떤 기억이 자신도 있었음을 깨닫는다.

중학교 때 집 앞 골목에서 그녀가 나타나기를 기다려 주던 어떤 남학생이 있었다. 그는 우 여사가 제 맘을 너무 몰라준다며 감히 그녀를 여덟달반이라고 놀렸다. 어느 날은 등교하는 그녀의 하얀 하복 상의에 비닐봉지에 든 노란 주스를 끼얹어 당황한 그녀는 눈물을 글썽이며 집에 돌아가 이웃에 사는 사촌오빠에게 일렀고 그는 태권도 유단자인 그녀의 사촌오빠에게 혼이 났다. 그 후 그 남학생은 다시 볼 수가 없었다.

못살게 굴었던 애지만 슬그머니 그 남학생이 궁금했었던 기억―그것도 첫사랑이라면 첫사랑일 거다. 까맣게 잊어서 그렇지. 아참! 아닌가. 얘 말대로라면 죽을 때까지 잊지 못한다는데 난 아니잖아.

우 여사는 피시시 쓴웃음을 짓다가 습관처럼 시계 있는 쪽을 본다. 벌써 새벽 네 시가 되어 간다. 어머! 나 아침 쌀 안 씻어 놓았잖아! 화들짝 놀란 우 여사는 자고 있는 김 여사의 귀에 대고,

"얘, 미안해. 나 가 봐야겠어."

하고 소곤거렸다. 김 여사는 응 응 알아들었는지 못 알아들었는지 아무튼 대꾸는 한다.

허겁지겁 귀가한 우 여사는 급히 쌀부터 씻어 물에 담근다. 압력솥은 고장 났는데 입맛은 차진 밥에 길들었다. 쌀을 담갔다가 밥을 지으면 그래도 밥이 웬만큼 차지게 된다.

남편은 세상모르고 곯아떨어져 있다. 첫째 아들도 제 방에서 무엇이 고단했던지 코를 골며 자고 있고 둘째 딸도 고른 숨소리를 내며 깊이 잠들어 있다. 막내의 방에서 녀석이 걷어찬 이불을 다시 덮어 주며 비로소 우 여사는 어떤 안도감 내지 행복감을 느낀다.

첫사랑을 만나러 왔다고 자랑을 해 대지만 김 여사에게서는 어

떤 삭막함이 느껴졌다. 공허하고 황폐한 느낌. 비록 살림살이에 바빠 자신의 머리 빗는 것조차 잊고 사는 우 여사지만, 그러나 귀하고 소중한 아이들이 건강하고 성실한데야 무엇을 더 바라랴. 남편도 믿음직하고. 비록 옛날에는 속을 좀 썩였지만.

"당신 왔어?"

어느 틈엔가 잠시 눈을 뜬 남편이 잠에 취한 목소리로 묻는다.

"응."

웃음을 머금고 대답한 우 여사는 한잠도 못 잤지만 발걸음도 가벼이 주방으로 간다. 어느 새 뿌옇게 날이 밝아 온다.

'이따 한가해지면 눈 좀 붙이지 뭐.'

아침나절에는 맑았던 하늘이 오후 되며 우중충해지더니 겨울을 재촉하는 비가 추적추적 내린다.

빨래를 건조대에서 걷어다 개키고 앉았던 우 여사는 김 여사가 만나러 왔다는 첫사랑을 만났을까 못 만났을까 공연히 궁금해진다.

지금쯤 한 번이나 두 번쯤 랑데부를 했겠지? 어떤 기분일까? 몇십 년 만에 몽매에도 그리던 첫사랑을 만나는 심정은? 나도 한 번쯤 옛날에 나를 무지 좋아해 주던 그 이름도 잊어버린 사람을 만날 수 있을까? 만나면 서로 알아볼까?

평소의 우 여사답지 않게 별 생각을 다 하며 괜히 실없이 웃어 본다. 그런데 늦게 귀가한 남편의 입에서 우 여사는 청천벽력 같은 소리를 들었다.

"여보."

남편은 한 번 불러 놓고는 말이 없더니 우 여사에게 무어라 알아들을 수 없게 중얼거렸다.

"당신 술 자셨수?"

"조금."

우 여사는 눈을 흘기며 물을 가져다주려고 일어서는데 남편이 우 여사의 손을 잡는다.

"내 말 좀 들어 봐."

"왜? 무슨 말인데?"

"저기…… 우리 이혼하자."

너무나 기가 막힌 우 여사는 입이 딱 벌어진다. 이이가 미쳤나 하고 쏘아붙이려고 남편을 향해 눈을 치뜨는데,

"미안해. 허지만……."

남편은 일단 사과한다. 그러고는 마치 따귀 맞을 각오라도 한 것처럼 얼굴을 조금 내밀고 주절주절 말을 늘어놓았다.

"나 말야, 옛날에 무지 좋아하던 여자가 있었어. 아니 과거가 아니고 현재 진행 중이라고 할 수 있지. 한 번도 그 여잘 잊어 본 적이 없으니까. 만나질 못해서 그렇지. 그런데, 그런데 그 여잘 만났

단 말야!"

　우 여사는 귀에서 윙 하는 소리가 나고 심장박동 수가 갑자기 빨라지는 것을 느꼈다.

　"만나 보니까 이제라도 그 여자와 같이 살아 보고 싶어! 정말야, 꼭 한 번 그 여자랑 같이 살고 싶어……. 이게 내 맘이란 걸 알았어. 나 좀 이해해 주라."

　기가 막혀서! 우 여사는 어안이 벙벙하면서 도무지 꿈을 꾸는 것 같았다. 폭탄선언을 해 놓고 남편은 푹 쓰러지더니 이내 코를 드르릉거린다.

　우 여사는 한잠도 못 잤다. 남편의 입에서 나온 이혼 그 말은 아직 삼십대 때 우 여사가 많이 한 말이다.

　잦은 주사와 가족사의 내력에 의하면 살증이라고 시댁 식구들이 말하는 남편의 특이한 성격 탓에 마음고생을 많이 했다. 이유 없이 화를 잘 내고 영문을 알고자 하면 무엇이든 집어던졌다. 특히 술이 취했을 때 말대답이라도 하면 그때는 난리가 났다. 한 번만 그런 일이 있어도 만정이 떨어질 텐데 거의 일주일에 한 번씩 주기적인 행패를 결혼한 지 일 년쯤 되던 해부터 십 몇 년간 치렀다. 겉으로 보기에 잘 사는 줄 알았던 사람들이 왜 이혼을 하는지 우 여사는 비로소 알았다. 이해의 폭이 넓어졌다고 해야 하나.

　친구며 친정 쪽에서 이혼을 권했다. 그렇게 어떻게 사느냐고.

꽤 예쁘장하고 멋쟁이이던 그녀 우 여사는 어린 삼 남매의 눈에 눈물 안 나게 하려는 모성 본능체로 서서히 돌변했다. 가정을 지키려는 필사적인 노력은 남편을 연구하게 했고 남편의 상태에 따라 대응하는 지혜를 터득하게 했다. 주위에서, 시댁 쪽에서의 도움이 컸다. 그처럼 유별나던 남편도 세월을 따라 조금씩 달라졌다. 이제는 아쉬운 대로 같이 살 만하다고 마음을 놓고 있었는데…….

속은 썩였어도 이혼 소리는 안 했는데. 과연 이 일이 어떻게 되려나. 무슨 말이든 한번 하면 아예 습관처럼, 아니 차라리 주문처럼 입에 달고 사는 남편이다.

그러나 남편은 평소와 똑같이 정말 여전한 태도로 출근했다. 어제 일을 잊은 것일까? 아니면 기억 못하는 것일까? 우 여사는 생각한다. 관찰을 해 보자. 아마 취중 잠꼬대 같은 걸 거야. 아직까지 이혼이니 여자니 하는 것으로 속 썩인 적 없으니까.

그러나 밤늦게 취해서 돌아온 남편은 다시 똑같은 말을 주절대며 이번에는 좀 더 오랜 시간 우 여사를 들볶았다. 우 여사는 불길한 예감에 당황했다. 예사로운 일이 아닌 것이 느껴졌다. 그리고 연 삼 일째 만취 상태로 귀가한 남편에게 우 여사는 이만저만 시달린 것이 아니다.

"야! 이혼하자고 했잖아! 내 말이 말 같지 않냐?"

하도 지겨워서 우 여사는,

"아유! 지겨워!"

하고 소리 지르고 말았다.

너무 화가 나서 남편이 취했을 때 일절 말대꾸하면 안 된다는 것을 잊었다. 느닷없이 남편은 옆에 있던 재떨이를 집어던졌고 하필 우 여사의 발등에 떨어졌으니……. 우 여사는 남편이 푹 쓰러져 잠들자 그만 집을 뛰쳐나와 버렸다.

어디 갈 곳을 정한 것도 아니고 따로 갈 만한 곳이 있지도 않아 무료히 걷던 우 여사는 얼마 전 친구 김은숙과 함께 왔던 찜질방이 눈에 뜨이자 그곳으로 들어섰다.

사람들에 섞여 이 방 저 방 번갈아 드나들며 땀을 내고 식히면서 어느 사이 시계를 보면 막내가 귀가할 시간이 되고 딸아이가 돌아올 시간이 된다. 그럴 때마다 우 여사는 뭉클 가슴이 아파져 눈물이 와락 치솟는다.

아이들이 지쳐서 돌아오면 먹을 것을 챙겨 주어야 하는데…… 별안간 없어진 엄마의 사정을 아이들이 이해할 수 있을까.

남편 생각이 나면 화가 치밀었다. 못된 인간! 그만큼 고생시켰으면 됐지 아직도 못한 게 남았단 말인가? 정말 이혼해 버릴까? 이혼하면 애들이 엄마를 이해해 줄까? 거기까지 생각하면 더욱 속이 상해 비록 쉬러 온 찜질방은 아니지만 모처럼 혼자서의 시간이 허무하기만 하다.

시간이 지나고 밤이 깊었으나 우 여사의 정신은 더욱 또렷하다. 남편은 정말 이혼하고 싶은 것일까? 아예 포기한 적도 있었지만 그러나 같이 살 만하다고 믿게 되었을 때부터 조금씩 정도 깊어 갔는지 막상 이혼만은 하고 싶지 않다고 우 여사는 생각한다.

그 이상한 증세— 살증만 아니면 너무도 좋은 사람이었다. 술만 안 마셔도 그런 이상증세는 나타나지 않는데. 할 일이 아직 많은데. 군대에 다녀온 큰아들이 대학을 졸업하고 취직을 했으니 이제 결혼을 시켜야 할 것이다. 둘째 딸아이는 음대에서 피아노를 전공하고 있는데 아직 갈 길이 멀다. 더구나 우리 막내는 너무 어린데. 아! 우리 아기!

우 여사는 막내에 생각이 미치자 그만 눈물이 난다. 잠시도 엄마 없이는 못 살 것처럼 엄마를 입에 달고 사는 우리 막내아들이 오늘 엄마가 없어 어떻게 했을까?

우 여사는 휴대폰을 점검해 본다. 아니나 다를까 집 전화번호가 무수히 휴대폰 액정 화면을 채우고 있다. 막내가 엄마를 찾느라 전화했겠지. 거기에 생각이 미친 우 여사는 그만 자리를 털고 일어선다.

집은 우 여사의 일탈과는 달리 평온하다. 남편의 주사로 인해 뛰쳐나갔던 집이었건만.

찜질방에서는 전혀 안 오던 잠이 그녀를 찾아온다. 밉기만 한 남편을 힐끗 보다가 거실 소파에 자리를 정한 우 여사는 잠이 들었다.

다시 일상은 돌아간다. 그러나 우 여사는 마음이 무겁다. 입맛도 잃고 일이 손에 잡히지 않는다. 첫사랑을 만났다고? 늦바람이 무섭다는데……. 지금 우리 가정에 닥친 위기가 남편의 늦바람이라면 과연 어떻게 극복해야 하나? 그런데 남편이 말했다.

"우리 친목회에서 부부동반 여행 가는 거 알지? 준비해."

기가 막혀……. 이런 판에 여행이라니? 이 여행 다녀온 후 이혼할 모양인가. 그러나 그러냐고 물을 수도 없다. 속을 끓이던 우 여사는 맘을 편히 먹기로 한다. 전화위복의 기회가 될 수도 있어. 우 여사는 여행을 위해 야한 잠옷과 화장품도 준비한다. 김은숙에게서 전화가 왔다.

"너 어디야?"

"나 여기 맨하탄이야. 너한테 암말 않구 와서 전화했어."

"너 첫사랑은 만나구 간 거야?"

김은숙은 잠시 뜸들이더니 그 이야기는 별로 하고 싶지 않다고 한다. 그러더니 사실은 그 남자가 상처를 한 지 몇 년 됐는데 자기와 재혼하자고 하도 졸라서 도망쳤다고 털어놓는다.

"야, 내가 이 나이에 늙은 남자 수발하게 생겼니? 내 한 몸 건사하기도 벅찬데."

그러면서 미국에 놀러 오라고, 마치 이웃집에라도 놀러 오라는 것처럼 말하고는 전화를 끊는다. 수화기를 내려놓으며 어쩐지 우 여사는 김은숙 여사가 부럽다.

'이혼하자고 들볶을 남편이 있나 가르치고 결혼시켜야 할 자식이 있나. 경제적으로도 별 어려움 없는 모양이고.'

아무튼 우 여사 내외는 중국 관광여행을 갔다. 역사가 깊고 사연이 깊은 만큼 자연 경관도 장엄하고 수려하다. 부부간의 갈등으로 불편한 심기에도 불구하고 우 여사는 관광의 즐거움으로 빠져들어 갔다.

상해와 계림을 거쳐 간 장가계의 경관은 그야말로 비경이라고밖에는 다른 표현이 떠오르질 않는다. 구름에 휘감긴 삼만 육천 봉의 기기묘묘한 형상의 산봉우리가 안개 띠를 희미하게 두르고 신비롭게 허공에 떠올라 있다. 그것을 바라보는 작은 인간은 거대한 자연 앞에 그저 숨이 멎을 만큼 감동할 뿐이다.

"이런 경치를 못 보았으면 억울해서 어떡할 뻔했어요."

동행한 조 사장 부인이 우 여사를 힐책했다. 우 여사가 출발하기 전까지도 망설인 것을 나무라는 것이다. 우 여사는 다만 웃었다. 그리고 그야말로 경치에 혼을 빼앗긴 듯한 심정으로 카메라를 연신 눌러 댔다. 남편은 남편대로 남자들끼리 몰려다니고 있다. 그러다가 어느 계곡에선가 우 여사는 그만 일행을 놓치고 말았다.

"이제 그만 이리 오세요!"

하는 가이드의 음성을 희미하게 듣기는 들었다. 그러나 카메라 촬영에 빠진 그녀가 정신을 차렸을 때 일행이 보이지를 않는다. 가슴이 철렁했다.

'설마!'

우 여사는 어디서든 일행이 나타날 것 같아 사방을 둘러보았으나 아는 얼굴은 보이지 않았다.

다른 한국인 관광객들이 그녀가 일행을 잃은 것을 알고 자기들의 가이드에게 그녀를 데려갔다. 조선족 안내인은 그녀에게 여행사 이름과 가이드의 이름을 물었다. 그러나 너무나 당황한 우 여사는 언뜻 그 이름들이 생각나지를 않는 것이다. 뿐만 아니라 나이 먹은 체면에도 불구하고 자꾸 눈물부터 나온다.

'바보가 따로 없구나. 내가 꼼짝 못하고 바보가 됐어. 그나저나 일행은, 아니 남편은 나를 잃은 줄이나 알까?'

다시 또 남편이 야속해 그만 눈물이 나올 것 같은 것을 억지로 참는다. 만리타향에서 홀로 남겨질지도 모르는 상황이 아득하면서 꿈같다. 요즘 자신에게 서먹한 남편을 생각하면 오기가 나기도 했다.

'까짓 못 만나면 혼자 돌아가지 뭐.'

한편 우 여사가 함께 있는 줄로 생각하고 그곳을 떠난 우 여사의 일행은 차에 올라타고 나서야 우 여사가 없는 것을 알았다. 당황한 그들은 다시 차에서 내렸다. 가이드가 전화로 어디론가 연락을 취하더니 먼저 구경하던 곳으로 뛰어갔다.

잠시 후 우 여사가 가이드의 손을 잡고 울먹이며 일행들 곁으로 돌아왔을 때 남편은 저만치서 잠깐 우 여사를 바라보고는 옆의 조 사장과 무어라 말을 주고받더니 껄껄 웃는다.

표현할 길 없는 두려움과 공포감에 떨던 우 여사는 남편의 그 모습을 보고 그만 울음이 터지려는 자신을 자제했다. 이를 악물고 눈물을 참았다.

저 인간이 나를 비웃는구나, 하는 생각이 순간 우 여사를 사로잡았기 때문이다. 그녀는 배신감에 치를 떨었다. 전 같으면 쫓아와서 껴안고도 남을 위인이다. 옆에서 연신 우 여사를 쓰다듬으며 위로하는 가이드며 조 사장 부인을 비롯한 다른 일행에게 억지로 미소를 지으며 괜찮다고 태연히 말을 했으나 그녀의 마음은 차츰 차갑게 얼어든다.

호텔에 돌아온 우 여사는 곰곰이 생각했다. 여행 내내 남편은 남자 일행하고만 어울렸다. 우 여사와는 말을 몇 번 했나 세어 볼 정도다. 더 이상 여행을 지속할 이유가 없다고 판단한 우 여사는 가이드를 불렀다.

"나 지금 먼저 돌아갈게요."

가이드는 눈이 휘둥그레졌다.

"아니 지금 가신다구요?"

"친정에서 급한 연락이 왔어요. 우리 어머니가 지금 상태가 안 좋아서 병원에 계신다구 빨리 오라구."

"그럼 사장님도 같이요?"

"아직 돌아가신 것도 아니니까 우리 그인 그냥 두세요. 나만 돌아가게 해 줘요. 부탁해요."

슬그머니 몇 푼 건네자 가이드는 우물쭈물하더니,

"이런 일을 하다 보면 별일 다 보는데요, 어머니."

그러고는 우 여사를 정색을 하고 바라본다.

"웬만하면 좀 참으시지요, 어머니."

참아? 뭘? 참아야 할 경우가 있고 참아서는 안 되는 것도 있는 거야. 우 여사는 아들 같은 가이드의 어깨를 두드려 주며 다시 부탁한다.

"지금 곧 출발하게 해 줘요."

몇 시간 후 마침내 홀로 귀국행 비행기를 탄 우 여사는 남편이 너무 야속하고 괘씸해 참았던 눈물을 쏟으며 울었다. 효부상을 몇 개씩 탈 만큼 지극정성으로 시부모를 섬겼다. 빈한했던 가세가 안정되기까지 얼마나 많은 우여곡절이 있었던가. 자신을 만나 많은 고생을 한 우 여사에게 겨우 이게 보답인가.

　우 여사의 남편 서한석 사장은 마누라 잃을 뻔하다가 찾은 턱을 내느라 친구들과 어울렸다가 늦게 숙소로 돌아왔으나 이미 우 여사는 숙소를 떠난 후다. 처음에는 아내가 다른 일행의 부인들과 같이 있는 줄 알았으나 밤이 늦어도 돌아오지 않아 이상하게 생각하며 아내를 찾았다. 결국 전후 사정을 알게 된 서 사장은 가슴이 서늘해졌다. 언제나 순종하고 노력하는 여자지만 한번 마음을 정하면 그 고집을 꺾을 길이 없는 아내의 성품.
　'큰일 났다!'
　서한석 사장은 친구들에게 일일이 사죄하고 즉시 아내의 뒤를 따라 귀국했다. 비행기며 차 안에서 곰곰 자신의 태도를 반성하며 서 사장은 일을 수습할 대책을 궁리했다. 착한 내 마누라가 나와 삼 남매를 내버릴 만큼 모지락스럽지는 못하지. 그렇게 스스로 위로하며 불안한 마음을 억제했으나 요 얼마간 아내의 속을 긁어 댄 자신의 행위 때문에 애가 타는 것을 어쩔 수 없다.
　그녀, 첫사랑의 여인을 만나기는 했다. 고교 때 등하굣길에서 만나 낯을 익히고 가슴을 설레며 목례를 주고받던 그녀. 제복을 벗고도 일 년여의 기간을 교제하며 풋풋한 추억을 함께했다. 그녀 생각이 나면 아카시아 향기만큼이나 달콤하고 아련한 추억이 떠올랐고 그리운 이름이었기에 재회의 기회가 왔을 때 서 사장은 굳이 만나 보려고 힘썼다. 그러나 막상 만나 보니 세월과 함께 첫사랑의 소녀는 사라져 버렸다는 것을 깨달아야 했다.

그녀는 아내 우 여사보다 열 살은 더 들어 보였다. 외모만이 세월을 따라간 것이 아니라 성품이며 행동도 이미 예전의 그녀는 아니다. 함께 딱 한 잔만 하기로 하고 마주 앉아 마신 양주 몇 잔에 맛이 간 그녀는 이성을 잃고 추태를 부리다 못해 나중에는 발작까지 일으키며 실신을 했다. 서 사장은 그만 혼비백산을 하고 말았다.

거의 술을 입에 대지 않는 아내와는 너무도 대조적이다. 아니 세상의 여자는 다 아내 같은 줄 알았던 서 사장은 비로소 자신의 아내가 다시 보였다.

서 사장이 애간장을 태우며 집에 돌아왔으나 그러나 아내는 집에 있지 않았다. 친정에도 없다. 친구들에게 수소문했으나 어디에도 없다. 어디로 갔을까. 그러다가 장모 상을 당해 영안실에 쫓아갔을 때에야 비로소 그는 아내를 볼 수 있었다.

아내는 매우 수척해 있었고 게다가 낳아 주시고 길러 주신 어머니와 영결을 한 망극한 상황인지라 많이 울어 차마 볼 수가 없었다.

"왜 그렇게 말랐어? 뭐 좀 먹었어?"

아내는 아무 대꾸도 없고 눈물만 줄줄 흘렸다. 하긴 모시고 살던 시부모의 상을 당했을 때도 기진할 정도로 운 아내이니…….

서 사장은 아내가 가여워 가슴이 찢어질 것 같은 심정이 된다. 자신이 저지른 일의 앞뒤를 다 잊고 뻔뻔스럽게 지극한 애처가가 되어 아내 뒤를 따라다니며 열심히 아내를 챙겼다.

그러나 우 여사는 서 사장의 어떤 말에도 일절 대꾸를 하지 않는다. 쳐다보지도 않는다.

마침내 초상을 치르고 서 사장은 우 여사에게 집에 가자고 말했다. 우 여사는 모처럼 남편에게 목소리를 냈다.

"서류 다 준비했어."

"서류?"

"이혼해 달라고 졸랐잖아."

서 사장은 입을 떡 벌린다.

"내가 언제?"

잠시 긴장이 오가는 순간 우 여사는 물었다.

"이혼 원한 거 아니었어?"

"아냐! 그런 일 없어, 절대루!"

서 사장은 펄쩍 뛰었다.

"당신 없이 나는 하루도 못 살아! 무슨 되도 않는 소리야?"

기가 막혀서……. 우 여사는 일단 입을 다문다. 잠시 후 지금은 남편과 함께 집으로 갈 마음이 없다고 혼자 돌아가라고 차갑게 우 여사는 말한다.

옆에서 누나 부부의 옥신각신하는 것을 보던 남동생은 싫다는 누나를 강제로 매형의 차에 태워 보낸다.

"아니라는데 왜 그런 걸루 만들어? 누나 그러면 죄 받아."

하는 것이다. 돌아가는 차 안에서 우 여사는 묻는다.

"이혼하자는 소리는 왜 했어?"

"나 생각 안 나는데?"

남편은 시치미 뗀다. 그러더니 잠시 후 비죽이 웃는다. 그 얼굴 위로 우 여사의 심문이 계속된다.

"장가계에서 나 잃어버린 줄도 몰랐지?"

"알고 있었어. 가이드에게 물어 봐, 내가 얼마나 몸 달았었는데."

"거짓말 마!"

"원 세상에, 마누라를 국내여행도 아니고 외국에서 잃어버렸는데 어떻게 애가 타지 않나? 그것두 천지에 오직 하나뿐인 마누라를!"

몸이 달았었다구? 그런데 왜 비웃는 것으로 보였을까?

아무튼 서 사장은 마누라야 듣든 말든 계속 억울함을 호소한다.

"누가 보건 말건 그냥 쫓아가 꽉 안아 줄 걸 그랬지?"

"에이, 그럴 걸. 그랬으면 여행하다 말구 없어지진 않았을 텐데."

"조 사장이 어서 뛰어가서 끌어안으라는 거야. 사실은 그러려고 했어. 조 사장이 놀리지만 않았어도."

우 여사는 장가계에서의 장면이 떠오른다. 오해란 참 무서운 거구나.

우 여사는 얼었던 마음이 녹으려고 하는 것을 붙잡는다. 아니, 아직 아냐. 아직 풀어지면 안 돼! 짐짓 우 여사는 차갑게 묻는다.

"그 첫사랑 애인하구 같이 살구 싶다구 했잖아! 그건 어떻게 된 거야?"

남편은 흐흐 웃는다.

"잘못했어. 내 첫사랑은 당신이야. 나한테는 당신뿐이야. 사실은······."

서 사장은 한 손은 운전대를 잡은 까닭에 한 손으로 우 여사의 손을 꼭 쥐면서 말했다.

"오해 말구 들어. 옛날 그 누군가를 한 번 보긴 했어. 그런데 나한텐 당신뿐이란 걸 확인했을 뿐이야."

우 여사는 비로소 마음이 놓인다.

다시 일상으로 돌아간 저녁, 퇴근한 남편은 또 취해서 돌아왔다.

"또 술 마셨어?"

우 여사는 아차 싶다. 좋은 기회를 놓쳤어! 아예 술을 끊겠다는 약속도 받았어야 했는데.

"나한텐 당신뿐야! 여보 우진자 여사, 사랑해!"

우 여사는 남편의 사랑 고백을 밤새도록 들어야 했다. 33년 결혼생활 중 찾아온 늦바람은 그렇게 시시하게 끝났다. ◎

담 너머 갸웃이 호박넝쿨이

담 너머 갸웃이 호박넝쿨이

맑은 눈동자가 누군지 안다며 방긋 웃는다. 오동통한 손으로 여기저기 더듬는다. 보드라운 숨결을 들이대면서 무어라 옹알거리며 말을 건넨다.

졸음에 겨운 은혜는 아직 더 자고 싶지만 16개월의 섭이 녀석은 진작 잠이 깨어 비몽사몽 중인 엄마를 깨운다. 아기가 한없이 소중하고 귀엽고 사랑스럽지만 좀 더 자고 싶다. 버둥대는 녀석을 끌어안고 젖을 물리자 몇 번 피하더니 거부할 수 없는지 젖을 문다. 아이를 토닥이며 다시 눈을 감아 본다.

잠이 설핏 들려는데 거실 문이 스르르 열리더니 시아버지가 흰 옷을 입고 들어선다. 아버님이 오늘 오시는 날이었나? 은혜는 벌떡 일어나며 죄송해요, 제가 늦잠 자느라 아직 아침밥을 못했어요.

얼른 해드릴게요, 말씀드린다.

　시아버지는 여느 때처럼 괜찮다, 천천히 해라. 인자한 미소를 짓는다. 그리고 섭이를 들여다보며 아유 우리 예쁜 놈, 그저 지금처럼만 잘 자라라 하신다. 그런데,

　"에미야! 아직 안 일어나니? 네 남편만 출근하면 다냐? 나도 밥 좀 다오!"

마치 귀청이라도 찢을 듯하다. 시어머니의 일갈에 은혜는 깜짝 놀라 일어난다.

　아! 꿈이었구나. 서늘한 예감에 은혜는 잠시 생각에 잠긴다. 꼭 생시 같은 꿈이다.

　제 엄마가 일어나자 같이 일어나 앉는 아이를 들쳐 업고 주방으로 간다. 보온밥솥에 미리 해 놓은 밥을 점검하고 뒤꼍 텃밭으로 나간다. 호박이며 가지, 양파, 풋고추를 따서 된장찌개도 하고 찌고 볶아 나물도 하려고. 모두 다 시아버지가 봄에 불편한 몸으로 열심히 심고 가꾼 것이다. 그 시아버지가 지금 위중하시다.

　호박밭에서 애호박을 따려고 여기저기 둘러보고 뒤적이며 은혜는 머리를 갸우뚱한다. 도무지 알 수 없는 일이다. 언제부턴지 호박 잎사귀가 자꾸 없어진다. 잎사귀뿐 아니라 애호박이 조금 도톰해지면 손을 탄다. 하기야 널린 게 호박인데 그것 좀 없어진다고 누가 알까. 내일 아침 따다 된장찌개를 해야지 하고 점찍었던 애호

박이 없어지니 손을 탄다는 것을 알게 될밖에. 그러고 보니 연한 호박잎도 모조리 누군가에게 도둑맞았다. 누굴까? 남의 밭에 허락 없이 들어와 호박잎과 호박을 모조리 따 가는 도둑은? 아마 반찬 궁한 누군가의 소행인 듯싶은데 집 주변은 모두 이웃들의 밭이고 호박은 지천이다. 호박 연한 잎사귀를 따다가 잘 씻고 쪄서 된장쌈을 싸 먹으면 그런대로 한 끼 먹을 만하다. 다만, 잎을 너무 쳐대면 결실에 지장이 있다고 하던데.

햇살은 뜨겁다 못해 살을 비집고 어린것은 등에서 칭얼댄다. 은혜는 발길을 돌리며 고개를 갸우뚱한다. 분명 꼭 은혜의 주먹만큼 크기로 대롱거리던 애호박 몇 개가 눈 녹듯 사라졌다. 이것이 벌써 몇 번짼가? 누군지 알면 가만 안 둘 거야. 속상하다.

은혜가 막 문지방을 넘는데 시어머니가 날을 세운 음성으로 부르짖는다.

"아니! 댁이 뭔데 남의 영감 전화를 받는교?"

가슴이 철렁한다. 왜 저러시나 또.

"이것 보소! 이거이 지금 경우가 맞는교? 아니 어느 법이 이런 법이 있단 말인교? 뭘 잘했다고 말대꾸야 말대꾸가!"

공연히 껴들면 애꿎게 화풀이 당하기 십상이다. 시어머니의 성정으로 보아 충분히 그럴 수 있다. 가만히 경청하는 게 이럴 땐 그저 제일이다.

며칠 전 또 시아버지가 병원에 입원했다. 지병인 폐질환으로 수시로 입·퇴원을 반복해 오던 터지만, 이번엔 위중해서 보호자가 있어야 하겠기에 간병인을 두었다. 아들은 직장 때문에, 며느리 은혜는 젖먹이 때문에 마누라는 남편 못지않은 만성당뇨병 환자여서 간병을 할 수 없기에 어쩔 수 없다.

그런데 사단이 났다. 간병인이 단정한 중년여자인데 화장도 곱게 하고 목소리도 콧소리를 낸다. 시어머니가 이만저만 신경을 쓰는 게 아니다. 그 와중에 간병인이 주제도 넘지 시아버지 속옷이 너무 낡았다고 다 내다 버리고 속옷 일체 새로 사다 입혀 드렸다나 뭐라나. 속옷이면 당연히 아래 위 한 벌이 아니겠는가? 시어머니는 매일 은혜를 붙들고 암만해도 수상해 이상해 해 가며 간병인을 침을 튀겨 가며 성토하는 참이다.

보아하니 이번에는 시아버지 휴대전화를 간병인이 냉큼 받은 모양이다.

에구에구, 시아버지 휴대전화는 또 왜 받았단 말인가. 성질 급한 시어머니는 전화를 탕 소리가 나게 끊더니 아들에게 전화를 넣으란다. 지금 근무 중인데. 당신 남편 휴대전화 번호는 용케 외워도 다행히 아들 건 못 외운다.

"어여 아범한테 전화 넣으라니까!"

웬만하면 좀 참으시지요, 어머니. 목구멍까지 치민 말을 꿀꺽 삼킨 은혜는 망설인다. 그이가 지금 한참 바쁠 텐데.

"아! 어서 전화 안 걸고 뭐 하노?"

아들의 사정을 죽었다 깨어나도 알 리 없는, 눈치 없고 성질 사나운 노인은 채근한다. 성화에 못 이긴 은혜는 할 수 없이 번호를 누른다. 신호가 가고 수화기 저쪽에서 귀에 익은 목소리가 들린다.

"네, 우수형입니다."

"야야! 내다, 엄마다!"

은혜가 무어라 입도 떼기 전 시어머니는 냅다 전화기를 낚아채서 간병인을 당장 내보내라고 정신 나간 사람처럼 부르짖는다. 은혜는 터지려는 웃음을 간신히 참고 주방으로 간다.

시어머니 연세 올해 일흔. 숨쉬기가 버거운 폐질환자 시아버지는 일흔여섯. 은혜가 볼 때 시어머니의 앙앙불락은 도대체가 당치 않다. 부부 사이의 감정이란 영원히 젊은 것일까?

하긴 은혜도 질투의 소용돌이에 말려 본 적이 있다. 결혼하기 전 일이지만. 같은 대학 같은 과 선배인 남편 수형은 전교 수석 타이틀을 가진 잘생긴 얼굴의 킹카.

수형이 갓 입학한 은혜에게 접근할 때 한 여자선배가 수형을 점찍어 놓고 몇 년을 짝사랑한 것을 은혜는 몰랐다.

공부벌레인 은혜가 어느 날도 도서관에서 공부에 여념이 없을 때 웬 여학생이 쪽지를 전해 주었다. 쪽지를 펼치자 잠깐만 만나자는 내용. 썩 내키지 않았으나 일단 만나자는 장소가 바로 도서관 앞이라 지나가면서 들러 보았다. 거기엔 안면 있는 여자선배 둘이서 은혜를 기다리고 있었다. 그때를 생각하면 지금도 어이가 없다.

그녀들은 은혜에게 행동을 정숙하게 가지라고 충고했다. 몹시 불쾌했다. 은혜는 침착하게 나는 충분히 정숙하다고 두 여자에게 대답하고 그 자리를 떠났다. 그리고 화풀이로 그날부터 우수형의 전화를 아예 받지 않았다. 도대체 처신을 어떻게 하고 다니기에 불똥이 애매한 은혜에게 튄단 말인가.

그 무렵은 고교시절 남자친구였던 준호와 아직 감정 처리가 덜 된 시기이기도 했다.

아! 준호. 준호는 준 재벌급 집 아들로 은혜를 너무나 사랑했다. 은혜의 편지함에는 언제나 준호의 편지가 꽂혀 있었다. 은혜의 휴대전화에도 준호의 번호가 언제나 액정 화면 가득히 찍혀 있었고.

그런데 어느 날 준호의 어머니가 전화를 해 왔다. 준호와 만나지 말라고. 아무것도 모르는 순진한 소녀는 왜 그러시느냐고, 제가 뭘 잘못했느냐고 웃으며 물었으나 돌아온 대답은 너무나 차가웠다.

"준호가 결혼시켜 달라고 조르는데 두 집이 너무 차이가 나서 안 되겠어요! 그래도 웬만큼 수준이 서로 비슷해야 되지 않겠어요?"

은혜네 집이 그토록 기운다고? 학교 교사인 아버지와 문구점을 하는 어머니, 그리고 군대 간 오빠. 세상의 어떤 기준이 은혜에게 그런 말을 듣게 했는지 이해할 수가 없었다.

그까짓, 잘났으면 얼마나 잘나서 남을 무시해! 자존심이 매우 상한 은혜는 준호와의 교제를 접기로 했다. 준호의 애틋한 사랑을 모르는 것은 아니지만. 마음속에 자리 잡은 자신의 감정도 남겨 둔 채로. 그런 때 수형이 여러 각도로 다가왔다.

그 사건 이후 느닷없이 냉정해진 은혜를 달래기 위해 수형은 정말 안 해 본 일이 없다. 하긴 자취생들이 모여 있는 N대 주변에서 은혜가 있는 곳을 찾아내는 것은 일도 아니다. 아무튼 수형의 레이더망을 피할 수는 없었다.

찾고 피하고 숨바꼭질 끝에 어느 날 저녁 은혜의 자취집 앞에서 둘은 맞닥뜨렸다. 하필 거기에 또 준호가 나타난 것이다. 은혜는 적잖이 당황했다. 전혀 예상 못한 상황이었다. 준호에 대해 수형은 알고 있었다. 은혜가 이야기했기 때문에.

그러나 준호는 전혀 수형의 존재를 알지 못했다. 세 남녀는 일단 서로 친구의 친구 입장으로 같이 식사를 하고 차를 마시며 그 저녁을 보냈다. 그리고 준호는 집으로 돌아갔다. 이 과정에서 은혜는 두 남자의 눈동자에 이글거리는 질투를 보았다.

아! 질투란 어떤 역사를 이루어 내는 에너지의 다른 이름이다.

먼저 질투의 화신이 된 것은 수형이다. 수형의 맹렬한 공세에 밀린 끝에 결국 은혜는 자타공인 수형의 여자가 되었다. 그들의 교제가 무르익을 즈음 은혜는 여자선배의 헌신적이고도 일방적인 짝사랑이 이미 수년째임을 알게 되었다.

처음 입학했을 때부터 수형에게 꽂힌 그 선배는 수형이 군대에 다녀왔어도 변하지 않았다. 군에 있을 때에도 구구절절 사랑의 편지를 끊임없이 보내왔다고. 수형은 그녀의 지나친 사랑에 질리고 부담스러운 나머지 1년 휴학까지 했다고.

일이 되느라 그랬던지 이번에는 은혜가 질투의 감정에 휩싸여 버렸다. 수형과 은혜는 보란 듯 결혼까지 밀어붙여 오늘에 이르렀다.

저녁에 귀가한 수형은 어머니 방에 불려 들어가 한동안 나오지를 못한다. 아들을 붙잡고 간병인을 당장 내보내라고 또 한바탕 난리를 치는 것이다. 이윽고 어머니에게서 놓여난 수형은 은혜에게 외출 준비를 하란다.

"아버님께 가게요?"

수형은 그 말에 대꾸 않고 두 살배기 섭의 옷을 갈아입힌다. 화가 난 것 같다. 이윽고 은혜네 세 식구는 차를 몰고 집을 나선다. 동네를 벗어나 시내로 들어서자 수형은 어느 음식점 앞에 차를 세운다.

"고기 먹자."

수형의 말을 듣자 은혜는 갑자기 시장기가 돈다. 시어머니 때문에 저녁밥 먹는 것도 잊어버렸다. 상 앞에 앉아 음식이 나오기를 기다리다가 수형은 느닷없이 중얼거린다.

"너무 지나치다. 정신이상자 같지?"

은혜는 묵묵부답이다. 같이 맞장구를 칠 수도 아니라고 할 수도 없다. 시어머니의 별난 성정 때문에 은혜는 이미 여러 번 고초를 겪은 터다. 멋모르고 시어머니 말에 동조한다든가 반대의견을 말하는 것은 현명하지 못하다. 그걸 일찌감치 터득했다.

어떤 말도 그저 들어만 주면 된다. 남편도 역시 그렇다. 시어머니 흉을 본다고 같이 흉볼 수 없지 않은가. 그저 들어주는 것으로 역할은 한정되어 있다.

처음 결혼했을 때는 막내딸처럼 귀애하던 시어머니였다. 뿐이랴. 아들 섭이가 들어섰을 때 기뻐하던 모습이라니.

그러던 시어머니가 어느 날부터 표변했다.

남편 수형이 결혼 후 첫 어버이날 친정부모님께 자신의 수입에 버거운 용돈을 보내고 보약을 지어 드리고 수선을 피웠다. 친정어머니가 답례로 시부모 모시고 식사라도 하라고 은혜의 통장에 용돈을 입금해 주고 전화로 치하하자 때마침 옆에서 듣던 시어머니가 불같이 화를 냈다.

아들이 처부모에게 효도한 것이 질투가 나 못 견뎌하는 것이다. 아무리 처부모에게 지극할지라도 제 부모만 할까.

그러나 속 좁은 늙은 여인의 분수없는 질투는 추했다. 며느리 은혜를 들들 볶았다. 한동안 같이 앉아 밥을 먹을 수 없을 지경이었다. 입덧을 핑계하고 친정에 머물며 장차 펼쳐질 시집살이가 아득했었다. 새삼 준호가 생각나고 시어머니가 준호의 어머니와 비교되었다. 임신 초기의 갈등은 엄청났었다.

"도대체 법의 비읍도 모르면서 웬 법은 그렇게 찾아 쌓노."

자기 어머니일지라도 잘못된 것을 정확하게 지적하는 남편을 믿고 용기를 내긴 했지만.

"저 성화를 어쩌지? 간병인을 천상 바꿔야겠지?"

"……."

알아서 하세요. 속으로 대꾸하며 수저를 집는다. 이어 은혜는 바꾸면 뭐 하누 혼자 생각한다. 마치 대답하듯 수형은 한숨을 쉬며 또 중얼거린다. 바꿔야 또 얼마나 가겠어.

문득 남편이 안됐다는 생각이 든다. 유난스런 시어머니에게서 어떻게 수형과 같은 속 깊고 무던한 아들이 태어났을까.

대학 때 수형을 무지 짝사랑하던 수형의 동기여자가 새삼 생각난다. 캠퍼스 내에 소문이 자자했다. 후배인 은혜와 막 교제를 시작한 무렵. 와전된 소문에 오해한 은혜는 수형을 만나 주지 않았다.

은혜는 쌀쌀맞은 성품의 여자다. 고집도 세었다. 수형은 어떻게

든 은혜의 마음을 돌리고자 애썼다. 그러나 한번 마음을 정한 은혜는 요지부동. 억울해서 미칠 지경이 된 건 수형이다.

사실 은혜는 은혜대로 아직 마음이 정리되지 않은 부분이 있었다. 고교 때부터 사귀어 온 남자친구 준호가 아직 편지를 보내오고 있었으니까. 준호의 어머니가 둘의 교제를 반대했다. 은혜는 준호를 포기했으나 준호는 아니었다. 그 사실을 알게 된 수형은 기회를 놓치지 않았다. 너그럽게 은혜의 아픈 마음을 쓰다듬어 주었다. 그쪽 어머니가 반대한다면 깨끗이 정리하는 편이 현명하다며. 더불어 평생 은혜에게 마음고생을 시키지 않겠다며 꼬드겼다.

은혜의 대학 생활은 수형의 순애보이다. 선배인 수형은 졸업하고도 은혜 곁을 그림자처럼 지켰다. 은혜가 대학을 졸업하자마자 둘은 결혼했다. 은혜가 잠시 생각에 잠겨 보는데 수형의 휴대전화가 급히 울린다. 수형이 천천히 받는다.

"네, 네……."

전화를 받는 수형의 기색이 심상치 않다. 열심히 섭이를 먹여 가며 식사하던 은혜도 귀를 기울인다.

"알겠습니다."

전화를 끊은 수형은 밥을 떠 놓고는 입으로 수저를 가져가지 못한다. 왜? 은혜는 눈으로 묻는다. 은혜와 눈을 마주친 수형은 아랫입술을 지그시 깨문다.

"담당의사야. 암만해도 아버지가 오늘을 못 넘기실 것 같다고 하네."

"……."

각오는 하고 있었다. 그러나 막상 그 말을 듣자 은혜의 눈에서 금방이라도 눈물이 쏟아지려 한다.

"어떡해……."

"일단 집으로 가자. 병원에 가더라도 엄마를 모시고 가야지."

식사를 마치지도 못하고 그들은 서둘러 집으로 돌아간다. 경황 중에도 은혜는 우편함에 그득 들어 있는 우편물을 챙긴다.

거실로 들어서는데 시어머니의 울음소리가 안방에서 새어 나온다. 둘은 당황한다. 둘의 시선이 마주친다. 혹시? 아버님이 이미?

"흑흑…… 나보다 그 여자가 더 좋아? 그렇게 그 여자 편을 들어야 되겠어?"

시어머니가 전화통을 붙들고 섧게 운다. 전화를 끊더니 더욱 서럽게 운다. 수형은 한숨을 쉰다.

은혜는 우편물을 정리한다. 혹시 내 앞으로 온 건 없나? 카드 사용 내역서라든지……. 그런데? 은혜의 가슴이 덜컥한다. 이준호라는 이름의 편지가 있지 않은가. 얼른 집어 화장대 서랍에 넣는다.

"엄마 병원에 갑시다."

"필요 없다! 내 안 갈란다."

안 가겠다는 시어머니를 간신히 달래어 그들 일가는 병원으로 간다. 삼복더위 찌는 날씨에 어린것을 들쳐 업고 왔다 갔다 하는 것이 어지간히 힘들었지만 시어머니로 인해 경황 중에도 몇 번이나 웃음이 터질 뻔한다. 임종이 임박한 노인을 두고 질투에 눈이 뒤집히다니. 어머니도 여자이기 때문인가.

시어머니의 별난 성정에 새삼 머리가 흔들린다. 도저히 시어머니와 살 수 없을 것 같은 때도 있었다.

'이럴 줄 알았으면 준호 어머니가 반대해도 그냥 준호랑 결혼해 버릴걸.'

준호 어머니도 별났지만 아무리 시어머니 같을라고. 시어머니보다야 덜하겠지.

대학이고 뭐고 다 때려치우고 결혼하자고 수없이 편지를 보내고 쫓아다니던 준호가 정말이지 그립던 때도 있었다. 살다 보면 언젠가 한 번쯤은 만날 수 있겠지. 쓸쓸한 심정으로 그렇게 맘먹으며 자신을 달랜 은혜다.

참 편지 왔지! 뭐라고 썼을까? 남편이 보게 되면 오해할지도 모른다. 얼른 읽고 찢어 버려얄 텐데.

병실에 도착하자 시어머니 눈이 이상한 빛을 발한다. 간병인을 의식하여 전투태세에 들어가는 것이다. 실수나 하지 말았으면 좋으련만. 걱정스럽다. 어린것은 낯익은 병실로 아장아장 걸어 들어

간다. 시아버지는 가족들을 보자 호흡을 가다듬는데 어린것이 쫓아가 할아버지의 손을 잡는다.

"하부지, 하부지."

아직 혀도 잘 돌아가지 않고, 할아버지가 어떤 상황인지도 모른 채 반가워한다. 어린것의 재롱에 눈시울을 붉히며, 시아버지는 목멘 소리로 은혜에게 이른다.

"여기는 아한테 해롭다. 어서 아 데리고 집에 가라."

은혜는 일단 아이를 데리고 병실 밖으로 나온다. 시어머니의 목소리가 은혜의 뒤를 따라온다.

"영감, 내 꼴 보기 싫을 텐데 나도 갈까?"

"엄마!"

수형의 나무라는 말투에 이어 시아버지가 힘겹게 부르짖는다.

"나 이제 죽어! 내 옆에 있어! 가긴 어딜 가!"

엄숙해야 할 순간에 주책없는 시어머니로 인해 코미디를 연출한다. 은혜는 웃지도 못하면서 아이를 안고 병실 앞 의자에 걸터앉는다. 아이가 젖가슴을 더듬는다. 밥을 비롯해 유동식을 하면서도 아직 젖을 떼지 못했다.

사람들 눈을 의식한 은혜가 아이를 데리고 수유실로 발을 옮기는데 아이고오, 영감! 아버지! 하는 울부짖음이 귓전을 때린다. 은혜의 발이 그대로 얼어붙는다.

아! 아버님이 돌아가셨구나!

순간 말로 표현할 수 없는 슬픔이 치밀며 억장이 무너지는데, 은혜의 젖기 시작한 눈에 언뜻 간병인이 무언가 커다란 봉투를 들고 잽싸게 병실을 빠져나가는 것이 보인다. 실로 순간적이다. 남편과 시어머니가 시아버지의 운명으로 정신없는 사이 그녀가 무언가 빼돌리는 것이 분명하다.

시아버지는 돌아가셨다. 병원 영안실에 빈소를 모시고 급히 시누이들이며 친인척에게 비보를 알린다. 일을 의논하고 처리하면서 수형과 은혜는 많이 울었다. 세상에 태어나서 처음으로 당한 큰 일이어서 어렵기도 했다. 진 폐로 질환이 깊어 언제 일을 당할지 모르는 상태로 연명해 오긴 했다.

평소 각오는 하고 있었다. 그럼에도 막상 돌아가신 것은 너무 큰 충격이고 슬픔이다.

돌아간 분이 워낙 부지런한 성품이라 장기입원 환자이면서 논밭 일을 놓지 않았다. 일주일에 두세 번 집에 올 때면 급식으로 나오는 두유며 음료를 고스란히 모았다가 과자며 사탕을 보태서 어린 손자 먹을 것을 챙겨 들고 오셨다.

자상한 분이었으며, 학구열도 대단하여 독학으로 한문학을 했다는데 대학을 나온 아들 며느리도 모르는 한문을 척척 읽어 비상함을 보이던 분이었다. 쉽게 화내고 주변을 불안하게 하는 시어머니와는 비교되었다. 과묵하고 생각이 깊으며 인자하시던 분, 은혜의 어려운 시집살이를 이해하고 위로해 주던 아버님……. 은혜는 음식도 넘어가지 않는다.

그러나 그 와중에서도 시어머니는 시아버지 생존시 새로 산 속옷이며 양말들이 새 것인 채로 모두 없어진 것을 알아냈다. 뿐만 아니라 문병객들이 들고 온 꽤 많은 음료수가 역시 뜯지도 않은 채 사라졌다.

"곽 티슈도 세트로 사 놓았는데 그것도 없어."

병원 근처에 사는 작은시누이가 속상해한다.

"없어진 것이 그것뿐이 아닐걸. 세상에! 죽은 사람 것을 싹싹 훑어 갔네."

어지간한 사람 같으면 꺼림칙해서 손도 안 댈 것이다. 모두 혀를 내둘렀다.

"하이에나 같다. 하이에나 같아."

아프리카 초원에서 악착같이 살아가는 짐승을 떠올리며 몸서리를 친다. 2박3일의 힘든 과정 중 둘째 날 저녁 때 은혜가 쓰러졌다. 충격으로 입맛을 잃은데다 어린것에게 젖을 빨려야 하니…….

링거를 맞은 후 근처 작은시누이 집에 가서 좀 자고 오라고 시어머니와 같이 보내졌다. 시누이 남편의 차로 시누이 집으로 갔다.

"푹 주무시고 내일 아침에 오셔요."

그들을 내려 주고 시누이 남편은 돌아갔다.

둘이 시누이 집에 들어가자 시어머니가 설친다. 왜 저러시나?

너무 힘든 나머지 은혜는 거실 소파에 자리를 잡고 드러누워 버린다. 시어머니도 주방에서 무언가 집적거리는가 싶더니 이내 거실 바닥에 돗자리를 깔고 눕는다. 어린것도 엄마와 할머니 사이를 오락가락하다가 젖을 찾더니 잠이 든다. 삼대가 코를 골아 가며 얼마나 잤을까? 은혜가 제일 먼저 눈을 떴다.

시어머니는 아직 자고 있는 모양이다. 몇 시나 되었을까? 지금쯤 친정 부모님도 다녀갈 텐데 내가 여기 이러고 있어도 되나? 여러 가지 생각이 떠오른다. 그러다가 물이 마시고 싶어 주방으로 들어간 은혜는 무심코 냉장고를 연다. 순간 무언가 와르르 쏟아진다. 은혜는 깜짝 놀란다.

애호박이다. 우리 밭 애호박이 모조리 없어졌는데 혹시? 이것이 그것인가? 멍하니 애호박을 내려다보는데 어느 결에 쫓아왔는지 시어머니가 뒤에서 중얼거린다.

"네 시누이가 애를 서잖니. 걔는 애호박 볶음을 제일 좋아하거든. 그래서 내가 좀 줬다."

아! 아까 들어설 때 주방으로 뛰어가더니 이걸 냉장고에 집어넣느라고 그랬구나…….

은혜의 집에서 시누이 집까지의 거리는 꽤 멀다. 저 많은 호박이며 호박잎을 한 번에 가져올 수는 없었을 것이다. 도대체 어느 결에, 어떻게 여기까지 가져왔을까. 이제야 자꾸 없어지던 애호박이며 호박잎의 연유를 알게 된 은혜는 바닥에 구르는 애호박을 냉장고에 집어넣으며 중얼거린다.

"어머니두 참, 애호박 좀 주면 어때요. 누가 뭐래요."

까짓 주면 준다고 할 것이지 왜 몰래 하느냐고 한마디 보탤 뻔한 것을 은혜는 꾹 삼킨다. 물을 찾아 마시고 애를 업는다.

"낼 아침에 오랬잖니?"

시어머니는 아직 안 갈 모양이다. 어머니, 지금이 아버님과 세상에서 마지막으로 같이 있을 수 있는 시간이잖아요. 이제 날이 밝고 장례를 치르면 아버님과 다시는 같이 있을 수 없어요. 다시 눈시울이 젖어 온다. 그런 은혜의 기색을 보며 시어머니가 중얼거린다.

"같이 가자, 에미야."

며칠 후, 출근하는 남편의 양말을 찾으려 서랍을 연 은혜는 새삼 깜짝 놀란다. 준호의 편지가 묵묵히 은혜를 기다리고 있다.

남편을 출근시킨 후 편지 겉봉을 뜯자니까 가슴이 둥당거린다. 하지만 편지 내용은 별거 아니었다.

— 나 결혼해.

은혜는 신경질이 난다. 그냥 청첩장이나 보내지, 그까짓 뭐 대단한 것처럼 봉해서 보낸담. ◎

도시의 바다

도시의 바다

 거리에 바람이 분다. 우수수 낙엽이 떨어진다. 낙엽이 나무 아래마다 소복이 쌓여 있다. 꽃을 모아 놓은 것 같다. 노오랗게, 빨갛게, 어떤 것은 갈색으로. 늦가을 비에 움돋았던 여린 잎은 미처 가을 색을 입지 못하고 선명한 연두색인 채 낙하한다. 그래선지 더 곱다.
 집에서 나올 때의 심란한 마음이 진정된다. 낙엽이나 몇 개 주워 볼까? 전엔 낙엽을 말려 카드와 연하장을 만들어 잘 썼다. 주변에서 꽤 칭찬을 받았다. 그래선지 고운 색깔의 잎사귀를 줍는 버릇이 생겼다. 손에 들고 있던 시집을 가방에 넣는다. 천천히 허리를 굽혀 크기가 작은 것으로 골라 줍는다.
 "뭐 해?"

언제 왔는지 필호가 뒤에서 묻는다. 머쓱해진 수경은 손에 쥐고 있던 낙엽 몇 장을 흘리며 일어난다.

"넌 아직도 이런 거 줍니?"

너, 내가 언제 줍는 거 본 적 있어? 수경은 물으려다 만다.

"너 옛날 우리들 학교 앞에서도 열심히 주웠잖아. 다들 밟고 가는데 혼자 잘났다고."

한순간 떠오른 같은 기억 때문에 그들은 마주 보고 웃어 버린다.

예전에 같이 학교 다닐 때는 서로 아는 척도 않는 사이였다. 그때가 그러니까 초등학교와 중학교 때다. 고등학교도 같이 갈 뻔했는데 S시에 여고가 생기는 바람에 여자애들은 여고로 다 가 버렸다.

그땐 네가 너무 예뻐서 나 같은 애하고는 말도 안 할 줄 알았어. 친해졌을 때 맨 처음 필호는 수경에게 그렇게 말했다. 한 가지 이유가 더 있었지만 말 않는다. 수경은 K시에서 제일 부잣집 딸이다.

필호는 아예 일찌감치 자신의 분수를 깨닫고 알아서 기었던 슬픈 첫사랑의 기억……. 그것이 수경이다.

두 사람의 재회는 둘 다 결혼하고 학부형이 되고도 한참 후 이루어졌다. 수경의 남편 준호가 시의원에 출마했을 때 남편의 비서가 된 필호를 수경은 첫눈에 알아보았다. 수경과 필호는 동창이라고 아무에게도 말하지 않았다. 남편은 당선되어 최연소 의원이 되었다. 당선 확정이 TV에서 중계될 때 수경은 친정어머니가 해 보낸 시루떡에 매달려 있었다. 사위며 딸을 비롯 모든 운동원들이 너무 고생한다고 새참으로 보낸 떡이 잔치음식이 되었다. 남편의 당선은 너무 벅찬 기쁨. 밀려드는 많은 축하객에게 떡을 고루 나누어 주고 싶었다. 골고루 나누기 위해 가위로 한입 크기로 잘라 접시에 담다가 그만 가운뎃손가락을 베었다. 가위가 잘 드는 것이라 꽤 상처가 컸다. 남편 쪽을 보았으나 축하전화 받느라 정신이 없다.

수경은 피를 뚝뚝 흘리는 자신의 손을 내려다보았다. 마치 남의 손처럼. 놀란 필호가 손수건으로 수경의 손을 감싸 쥐며 부르짖었다.

"정수경! 뭐 해, 빨리 병원에 가야지!"

언제나 사모님이라고 깍듯이 예의를 차리던 필호가 다급한 상황에 맞닥뜨리자 학창 시절에도 몇 번 부르지 않았던 이름을 외치며 수경을 감싸 안았다. 준호는 구름이라도 올라탄 양 계속 걸려오는 전화로 행복해하고 있고.

필호는 수경을 강제로 데리고 나와 자신의 차에 태웠다.

"많이 안 다쳤어야 텐데."

병원에 가는 내내 필호는 그렇게 중얼거렸다. 상처는 꽤 깊어 무려 열 바늘을 꿰맸다. 나중 남편은 좋은 일에 피를 흘렸다고 언짢아했다. 그것도 며칠 지나서. 은행 이야기 하다가 손가락에 붕대를 감은 것을 보고 한단 소리가 기껏 핀잔이었다.

"하필 좋은 날 다칠게 뭐야."

평소에도 자상한 면은 없었다. 남편 뒷바라지 끝에 좋은 결과가 있자 긴장도 풀리고, 아무튼 수경은 힘이 빠졌다. 무엇보다 남편의 태도가 너무 서운했다. 아니 마음에 상처를 입었다. 젊은 여자 운동원들에게 유난히 친절한 것도 신경에 거슬렸다.

여자들 앞에서 아내인 수경을 일부러 홀대하는 건 아닐까. 야비한 인간! 진작 많은 것을 포기하게 한 결혼생활이었다. 수경은 그날부터 사무실에 나가지 않았다. 어떻게 된 셈인지 필호도 준호의 비서 일을 집어치웠다. 얼마 후, 전자제품 대리점을 차린 필호는 수경을 초대했다. 수경은 직접 가지 않고 화환을 보내 축하해 주었다. 필호가 전화했다.

"친구야! 안 올 거야?"

수경은 웃음을 터뜨렸다. 그리고 연락이 닿은 다른 동창들과 함께 찾아갔다. 그것뿐이면 그만이었을 텐데, 기왕에 모인 김에 준호의 사무실로 동창들이 몰려갔다. 거기에서 뜻밖의 장면을 보아야 했다.

사무실 문을 열었을 때 준호의 무릎에 웬 젊은 여자가 앉아 있었다. 다른 사람들은 다 어딜 갔을까. 여자가 급히 일어섰고 수경의 얼굴에서 핏기가 사라졌다. 그때 수경은 땅속으로 들어가고 싶을 만큼 부끄러웠다. 낯 두꺼운 준호는 괜히 젊은 여자를 버릇없다고 나무래서 내보냈다.

동창들과 어색한 시간을 함께한 내내 수경은 남편 쪽을 쳐다보지 않았다. 이런 경우 다른 여자는 어떤 생각을 하고 어떤 행동을 할까. 준호 같은 사람과 끝까지 해로할 수 있을까?

함께 동행하지 않았던 필호는 그 얘기를 전해 듣고 안 가길 잘했다고 생각했다. 만일 그 광경을 보았다면 준호를 패 주고 싶었을 것이다. 준호의 인간성에 진저리가 난 나머지 그의 비서 일을 때려치운 필호다. 차라리 수경이 동창이 아니었다면 괜찮았을지도 모른다. 준호의 방탕한 생활을 수경이 다 안다면? 수경은 준호의 인생에서 아예 빠지려 할지도 모른다.

"밥 먹을까?"

필호가 마치 중요한 말이라도 하듯 수경에게 묻는다. 생각에 잠겼던 수경은 새삼 필호를 바라본다. 고개를 끄덕인다. 마치 인연을 처음 시작하는 것 같은 설렘이 그들 사이에 있다. 언제부터 이렇게 됐을까?

동창들이 모였을 때 한영숙이란 친구가 주책을 떨었다.

"요즘은 애인 하나 둘은 기본이라던데?"

"너는 몇인데?"

와아 폭소가 터졌고 말을 꺼낸 영숙도 자지러지게 웃는 것으로 그 순간을 넘겼다. 모두 웃는데 필호와 수경의 시선이 마주쳤다. 둘 다 웃고 있지 않았다. 수경과 필호는 자신들의 마음속에 똑같은 감정이 자리 잡고 있음을 깨달았다. 남녀의 감정은 요술 같다. 신기하게도 많은 사람들 속에서 둘만을 의식한다. 어느 틈엔가 수없이 시선이 오간다. 아무리 그래도 수경이 필호에게 전화하지 않았다면 그들은 남몰래 만나는 사이가 되지 않았을 것이다. 수경이 필호에게 연락해야 할 이유는 많다. 필호가 하던 업무 때문에.

 매운 낙지볶음을 시켜서 둘은 말없이 식사를 한다. 필호는 수경이 매운 것을 좋아하는 식성까지 안다. 내가 매운 거 좋아하는 줄 어떻게 알아? 수경이 물었을 때 필호는 어떻게 알게 됐어, 라며 얼버무렸으나 사실은 수경이 커피에 프림도 설탕도 넣지 않는 것까지 알고 있다. 그동안 까마득히 잊고 있었지만.

 중학교 때 필호는 수경을 먼발치에서만 보아도 알아봤다. 수경에게서는 특별한 광채가 나는 것 같았다. 수경에 관한 이야기는 이상하게도 귀에 쏙쏙 들어왔다. 그런 가슴앓이를 3년 내 했다. 고교를 달리한 후에도 수경의 집 근처를 얼씬거린 필호다. 아무에게도 말 못한 짝사랑은 혹독한 고3을 전후로 서서히 퇴색해 갔다. 나 같은 게 그런 애 좋아해 봤자 소용없는 일이지 뭐, 자신이 한심해 모질게 맘먹고 털어냈다. 군에 갔다 오고 수경이 결혼했다는 소식을 친구들에게 들었을 때 담담했다. 필호도 몇 년 후 결혼했다. 결혼할 땐 수경이 생각은 까맣게 잊고 있었다. 그랬는데…….

우린 특별한 인연인가? 그렇다면 왜 결혼은 각각 다른 사람하고 했을까? 이렇게 만나도 괜찮은가? 뭐 나쁜 짓 하는 것도 아닌데 어때. 하지만, 하지만 어느 때 그 나쁜 짓을 할지도 모른다. 그들은 서로 힐끗 바라본다.

그런대로 푸근했던 날씨가 오후가 되니 변덕스럽게 온도가 별안간 내려간다. 걷다가 다시 차 한 잔 하기 위해 카페에 들어갔다. 한참을 마주보던 그들은 할 말이 있는데 미루는 것 같다. 필호가 입을 열었다.

"우리 이번엔 오랜만에 만났지? 담 번에는 너무 오래 있지 말자."

수경은 대꾸 없이 듣기만 한다. 왜? 만나서 뭐 하게? 그런 말이 생각났으나 적당하지 않은 것 같다.

사실은 수경도 필호가 보고 싶었다. 따뜻한 사람. 필호를 생각하면 떠오르는 말이다. 필호의 가정생활은 어떨까? 그의 부인은 어떤 여자일까? 질투까지는 아니지만 궁금하다. 준호의 독선과 오만에 수경은 지쳤다.

게다가 결혼을 앞둔 시누이는 수경에게 내색 않던 열등의식이 있었던지 전에 없이 신경을 툭툭 건드린다. 착한 줄만 알았는데, 아니었나 봐. 하긴 같이 안 살다가 요 근래 합쳤으니까.

남편 이준호의 선거자금 때문에 큰 집을 처분했다. 덕분에 시어머니와 결혼을 앞둔 시누이까지 함께 살게 됐다. 친정어머니는 그저 참고 살아야 한단다.

"밥도 못 먹여 주는 인간이 얼마나 많은데……. 돈 벌어 주는 건 고사하고 여자가 번 돈으로 노름하는 인간도 있단다. 돈 벌어 오라고 여자를 패는 인간도……."

왜 어머니는 그렇게 질이 나쁜 사람만 알고 있을까? 준호도 뭐 돈 잘 벌어다 여편네 호강시키는 남편은 아니다.

부모덕에 돈 걱정 않고 시의원까지 올라선 행운아, 그것이 남편 이준호이다.

그것뿐이면 괜찮다. 어떻게 된 집안인지 여자를 하대하는 가풍을 가지고 있다. 시어머니는 시아버지가 눈만 부릅떠도 벌벌 떨었다. 처음에는 그저 별난 부부도 다 있구나 그랬는데 남편이 어느새 시아버지 언행을 그대로 수경에게 하고 있었다.

같은 여자인 시누이조차 저는 여자가 아니라고 착각이라도 하는지 이만저만 신경을 쓰게 하는 게 아니다. 참내 그놈의 출마는 왜 해 가지고 않던 시집살이를 시킨단 말인가.

시의원 선거 중 힘들게 내조하는 아내를 더욱 힘들게 한 건 남편의 언동. 많은 시선 앞에서 속 좁게 화낼 수 없어서 모든 것을 초월한 양, 또는 너그러운 척 늘 웃어 넘겼으나, 마음 깊은 곳에서는 남편에게 칼을 갈았다. 결국 수경 자신도 속물이긴 마찬가지 아닐까. 그래도 둘 중 하나는 좀 나아야 할 텐데. 망망대해의 세파에서 가정이라는 선박을 잘 운항하려면 한 사람이라도 지혜로워야 하지 않겠는가.

"저것 좀 봐."

필호가 손가락질한다. 수족관에서 열대어 두 마리가 입을 맞대고 있다. 사람의 눈에는 예쁜 색깔의 작은 물고기가 사랑을 나누는 것으로 보인다.

"사실은 싸우는 거라며?"

"응."

또 대화가 끊어진다. 우리 사인 뭘까? 수경은 생각한다. 가만히 마주 앉아 있기만 해도 마음이 통하는 사이? 서로 얼굴만 보고 있어도 위로를 주고 안정을 주는 그런 사이?

수경을 바라보며 필호는 생각한다.

'너 같이 예쁜 애가 왜 준호 같은 인간을 만나 마음고생을 하는 거냐? 여자를 무시하질 않나, 바람피우길 떡 먹듯 하질 않나. 정수경 너는 잘못 찍었어.'

묵묵히 마주 앉아 있다가,

'오늘은 그만 집에 돌아갈까?'

시계를 들여다보며 그런 표정을 필호가 보인다. 수경은 갑자기 그와 아직 헤어지고 싶지 않다고 생각한다.

"술맛은 어떤 거야? 어떤 기분으로 술을 먹는 거야?"

"술이 먹고 싶어?"

필호는 수경에게 어떤 종류의 술이 어울릴까 잠시 생각한다.

'웬일이야 쟤가.'

그들은 와인을 시켜 마시기로 한다. 몇 번 잔이 오가자 금방 바닥난다.

"겨우 와인이야? 다른 걸로 한 잔 더 할까?"

필호가 웃는다. 수경이 눈을 흘긴다.

"넌 너 좋은 거 시켜, 난 이거면 돼. 기분만 내면 되니까."

알코올에 약한 수경은 와인으로도 취하는 걸 느낀다. 필호는 종업원에게 몇 마디 하더니 무언가 또 시킨다. 종업원이 날라 온 술과 안주를 내려다보며 수경은 궁금하다.

"이번엔 뭐야? 이건 맛이 어때?"

"한번 마셔 봐. 야! 오늘 술맛이 기가 막힌데."

필호가 수경의 잔에 술을 따라 준다. 수경은 겁도 없이 입으로 가져간다. 한 모금 넘기자 목줄기가 찌르르 한다. 눈앞이 아찔하다. 수경은 술잔을 내려놓으며,

"그 맛 독하다!"

중얼거린다. 필호가 너털웃음을 웃는다.

"이건 독한 거 아니야. 네가 술에 약해서 그렇지. 우리 그만 마시자."

"이걸 다 어쩌구?"

"이따가 너 집에 가려면 그만 마셔야 해."

필호가 슬쩍 일깨운다.

"그래?"

수경은 일부러 한 잔 자작한다. 필호가 걱정한다.

"야, 이제 진짜 그만해."

잠시 후 수경이 이마를 짚으며 얼굴을 찡그린다.

"머리 아프니?"

"응."

수경은 왠지 어리광이 하고 싶다.

"나 머리 무지 아파."

그들은 밖으로 나왔다.

"찬바람을 쐬면 좀 나아질 거야."

밖엔 이미 어둠이 내리고 있다.

수경이 비틀하며 필호에게 기댄다.

"왜? 어지럽냐?"

수경은 대꾸 없이 간신히 웃는다. 방금 전 화장실에서 마구 토악질을 했다. 세상에 태어나서 처음 술을 먹고, 토하고……. 자신이 우습다. 내가 왜 이러지?

"나, 나 있잖아 집에 갈래."

수경이 비틀거린다.

"괜찮겠어?"

필호가 걱정한다. 수경이 주저앉는다. 시누이의 얼굴이 떠오른다. 목소리도 들린다. 언니는 살림을 어떻게 하는 거예요? 필호가 난감해한다.

"야! 별로 많이 마신 것도 아닌데 왜 그래?"

수경이 중얼거린다.

"벗어나고 싶어!"

"뭐라고?"

"아! 잠깐이라도 떠나고 싶어! 우리 어디론가 가 보자. 이 거리를 떠나자!"

마치 거리에 원한이라도 있는 것같이 수경은 거리를 떠나고 싶다고 계속 말한다. 필호는,

"어딜 가자는 거야?"

물으며 자신이 멋없다고 생각한다. 여자가 그럴듯하게 말하면 너도 좀 어울리는 대꾸를 해야지. 자신들의 목소리가 마치 꿈속에서 듣는 것처럼 몽롱하다. 둘은 택시를 탔다.

잠시 달리다 운전기사가 묻는다. 어디로 모실까요?

글쎄 어디로 가지? 필호가 생각하는데,

"미사리로 가 주세요."

뜬금없이 수경이 대답한다.

웬 미사리? 필호는 수경을 바라본다. 거기 가면 집엔 어떻게 가려구?

그들의 속마음을 아는지 모르는지 차는 미끄러지듯 밤거리를 간다. 차의 소음과 운전기사의 간헐적 잔기침 소리뿐 필호와 수경은 약속이라도 한 듯 입을 다물고 있다. 둘 다 긴장했는지도 모른다. 오늘의 끝은 어디일까?

"다 왔습니다. 어디 내려 드릴까요?"

기사가 차를 세웠다. 그들은 차에서 내린다. 두 사람을 놓아두고 택시는 왔던 곳으로 쏜살같이 가 버린다. 두 사람은 서서 잠시 주변을 살핀다. 네온이 눈부시게 거리 전체를 수놓고 있다. 그중 '겨울 나그네'라는 글자가 눈에 들어온다. 그 옆에 모텔이라는 글자도. 두 사람의 눈이 마주친다. 필호와 수경은 손을 마주 잡는다. 필호의 손은 따뜻하다.

"어둠은 깊은 바다 속과 같아."

문득 수경이 한마디하고 웃는다.

"그럴듯하지? 사실은 내가 가진 시집에서 아까 읽은 거야. 이런 구절도 있어. 그럴듯해서 외웠어. 도시는 깊은 바다 저마다의 사연에 겨운 가슴들이 켜켜이 침몰해 있는……. 후배가 시집을 냈거든."

"어쩐지 아까부터 시 같은 말을 한다 했어."

그들은 괜히 함께 웃는다. 서 있으니까 추웠다. 오싹 한기를 느낀 그들은 걷기 시작한다.

"낯선 거리를 걷는 기분이 어때?"

"어쩐지 어린 시절로 돌아간 것 같아. 여기 언제 와 본 적 있어."

"언제?"

"친구들이랑 만나서 여기서 밥 먹고 라이브도 듣고."

얼마나 걸었을까 문득 필호가 걸음을 멈춘다.

"추워서 안 되겠어. 우리 어디 들어가자."

수경이 가만히 필호를 본다. 그리고 고개를 끄덕인다. 그들은 처음 보았던 겨울 나그네로 들어선다. 엘리베이터 안에서 그들은 뜨겁게 포옹한다. 입술이 겹친다.

수경의 의식 속에 어떻게 해 하는 생각이 떠오른다.

'아! 어떻게 해 정말……'

엘리베이터에서 내릴 때 수경의 입술이 하르르 떨리는 것을 필호는 보았다. 그러나 수경의 손을 더욱 움켜쥔다. 이젠 무엇으로도 우리를 막을 수 없어. 룸에 들어서자 필호가 수경을 포옹한다. 수경은 잠깐만 하고 필호를 제지한다. 필호의 휴대전화가 울리기 때문이다. 필호가 망설인다. 받고 싶지 않아.

수경은 어서 받아 봐 속삭인다.

필호가 마지못한 듯 전화를 받는다.

"왜?"

필호의 음성에 짜증이 잔뜩 묻어 있다.

수경은 그런 그를 바라본다.

내 남편의 목소리와 별로 다르지 않네.

성의 없는 대꾸로 일관하던 필호의 음성이 커진다.

"아이가 아프면 병원에 데리고 가야지! 바쁜 사람한테 전화하면 어떻게 해!"

이번에는 수경의 눈이 커진다.

아이가 아플 때 여자는 어쩐 영문인지 원수 같은 남편이 제일 먼저 생각난다. 아무리 해도 받지 않는 전화. 그건 화급할 때 남편의 특징이다. 심지어 시아버님이 운명할 때도 미친 듯 준호에게 연락했건만 그는 끝내 전화를 받지 않았다. 결국 시어머니와 수경 둘이서 종신을 했다.

그 사건은 두고두고 수경을 들쑤셨다. 도대체 어디서 무슨 짓을 하느라고! 기가 막히고 망극하고 절통한 순간에 끝까지 전화를 안 받았단 말인가. 나쁜 놈! 나쁜 놈!

'필호야! 바쁘다구? 뭐가 바쁜데? 지금 너는 나하고 시간 보내기

하고 있잖아. 안 해도 되는 짓. 아니 해서는 안 될 짓.'

수경의 머릿속으로 그런 말들이 지나간다. 통화를 끝낸 필호가 미소로 얼버무린다.

"애가 아프다며? 빨리 집에 가 봐."

필호가 수경을 바라본다.

"괜찮아, 별일 아냐."

필호는 그렇게 말하며 수경을 끌어안는다.

"나 집에 가야 하겠어."

수경이 뿌리친다. 수경이 먼저 방을 나서자 머쓱해진 필호는 할 수 없이 따라나선다.

이놈의 여편네, 하필 중요한 순간에 전화는 한담.

모텔 앞에서 수경이 지나가는 차를 세운다.

"나 먼저 갈게."

필호는 멀거니 바라본다. 수경을 태운 차가 멀어지자 필호도 택시를 잡는다.

두 사람은 각각 자기들의 집으로 돌아간다.

차 안에서 수경의 머릿속에 떠오른 말.

'아이가 아프면 병원에 데리고 가야지! 바쁜 사람한테 전화하면 어떻게 해!'

바로 옆에서 들리는 것 같다. 언젠가 수경도 준호에게 똑같은 말을 들었다. 그때 준호도 아까 같은 그런 상황이었을까? 도대체 생각이란 게 있는 걸까? 생각이 조금이라도 있다면 그렇게 말할 수 있을까?

아이가 별안간 열이 절절 끓자, 피가 마르는 것 같았다. 안타까움은 냉철함을 잃게 한다. 마치 본능처럼 같이 자식을 낳은 남편을 찾게 된다. 그때의 그 잔인한 대꾸라니. 갑자기 자신과 아이가 세상에서 가장 불쌍한 것 같다. 그리고 필호의 부인과 자식이 같은 처지라는 생각까지 든다.

'남자는 다 똑같아. 남자는 다 거기서 거기야.'

수경은 입술을 깨문다. 오늘 아침 사실은 시누이 때문에 너무 속이 상했다. 결혼을 앞두고 예민한 탓인지 투정이 심하다.

'언니 창틀에 먼지가 끼었어요.'로 시작해 커튼의 색깔까지 혹평했다.

부잣집으로 시집간다고 만인의 부러움을 한 몸에 받았으나 실제 생활은 언제나 쪼들렸다. 돈 걱정 같은 건 해 보지도 않았던 수경이가 주구장창 몇 년을 짙은 색의 커튼을 달고 살았는지 모른다. 그러나 시누이 신랑감이 인사 올 것을 대비해 큰 맘 먹고 좀 밝은 톤으로 바꾸었다.

그랬더니 시누이 기껏 하는 말이라니…….

"색의 기본을 모르는군요. 많이 공부해야겠네."

그러는 거다. 수경은 속이 심히 상했다.

부글거리는 속을 달래며 간신히 집을 나왔다. 남편의 독재로 속을 죽이고 사는 데 이력이 났지만 시누이가 갈굴 때 뒤집히는 건 어쩔 수가 없다.

'색의 기본을 몰라? 너는? 너는 말의 기본도 모르는구나. 면전에서 올케를 깎아 내리면 제 수준이 올라가나.'

그래도 배울 만큼 배운 지성인이라고 생각했는데, 형편없는 속물근성이 제 오라비랑 똑같네. 피식 웃음이 나온다. 남을 멸시할 때 언제나 뒤따르는 자책 때문. 나도 똑같아. 결국 나도 속물에 지나지 않아.

수경은 어두운 밤거리를 내다본다. 검은 바다 같은 짙은 어둠에다 대고 무어라 소리치고픈 충동을 느낀다. 속물은 싫은데! 남편이, 너희들이, 아니 이놈의 세상이 나를 속물로 만들어!

"다 왔습니다."

기사의 음성을 들으며 정신을 차린다. 술 냄새 안 날까? 걸음을 내딛으며 수경은 중얼거린다.

'필호야, 난 오늘 너 땜에 새삼 남자에게 실망했어.'

필호의 등장은 마치 긴 겨울을 보내고 봄을 맞이한 것 같다고 할까, 침체되었던 수경의 생활에 힘을 주었다. 뭐 소녀처럼 설레며 필호 생각만 하지는 않았다. 그러나 필호를 기억할 때마다 왠지 마음이 흐뭇했다. 그랬는데…….

수경이 집 현관에 들어서자 늦둥이 네 살짜리 딸이 쫓아 나온다. 첫딸을 낳을 때 몇 번씩 까무러치는 등 너무 고생해 둘째는 아예 거부했었다. 그런데 큰애가 초등학교 오 학년 될 즈음 웬 변덕인지 아이가 그렇게 그리워지는 거였다. 그래서 오랜 피임을 끝냈더니 바로 들어선 게 둘째다. 낳고는 너무 고생스러워서 또 후회했지만. 아무튼 현재 집안의 총애를 누리는 둘째는 수경에게도 준호에게도 너무나 귀여운 존재이다.

"엄마 어디 갔다 왔어?"

왜 아이는 말하는 것도 예쁘게만 보일까. 아이를 안고 시어머니 방문 앞에서,

"다녀왔습니다."

인사하고 자기 방으로 향하는데 수경의 시선을 끄는 것이 있다. 시누이의 핸드백이 거실 한구석에 나동그라져 있고 소지품들이 쏟아져 나와 어지럽게 흩어져 있다. 보나마나 아이의 소행일 것이다. 수경은 짐짓 못 본 척 아이를 안고 자기 방으로 들어가 버렸다.

'좀 잘 둘 것이지, 어린것이 뭘 알아? 관리 못한 어른 죄지.'

문득 시누이의 '언니는 색의 기본을 모르는군요.'가 생각난다.

'물건 두는 기본을 모르는군요.'

수경은 비웃었다.

준호는 아직 귀가하지 않은 모양이다. 아이를 데리고 옷을 갈아입고 화장을 지우고 하려니 힘들다. 아이는 엄마 곁에서 이것저것 참견하며 엄마만 쫓아다닌다. 연방 엄마, 엄마 하며. 저걸 떼어 놓고 나가 돌아다니다 온 자신이라니.

그러나 생각하면 다시 속이 뒤집어진다. 싸늘한 표정으로 색의 기본이 어쩌고 하는 시누이에게 마치 독수리처럼 달려들까 봐 중요한 볼일이라도 있는 것처럼 뛰쳐나갔더랬다. 안 그러면 시누이 머리채를 잡아 꺼들 것 같았다.

어제도 시누이는 트집을 잡았다. 수경이 시집올 때 해 온 세트로 된 고급그릇이 많았다. 시누이가 부러워하는 것 같아서 아직 뜯지도 않은 것을 인심 썼다. 마음에 들면 가지세요.

그랬다가 얼마나 후회를 했는지 모른다. 눈을 크게 뜨더니,

"언니! 내가 언니와 수준이 같은 줄 아세요?"

그러는 게 아닌가. 세상에! 마음에 안 들어도 그렇지, 어떻게 면전에다 대고 그렇게까지 말할 수 있을까.

수경은 입술을 수없이 깨물었다.

'수준? 수준 같은 소리 하네. 그 따위로 지껄이는 네 수준 참 대단한 수준이다!'

정말 잠이 다 안 올 지경이었다.

어디 나갔나? 제 가방 저 꼴 된 거나 알까? 모르겠지. 슬그머니

시누이가 궁금하다. 아이가 어느새 거실로 나갔다. 할머니에게 갔겠지. 엄마만큼 좋아하니까.

"어머나! 이걸 어떻게 해!"

돌연 시누이의 목소리가 찢어진다. 그새 왔나?

"내 다이아반지! 어디 갔어? 어떡해!"

'왜 저래? 반지를 어쨌길래?'

손가락에 약혼반지를 끼고 의기양양하더니. 시누이가 어떤 말을 해도 수경의 반응은 냉담 그 자체다.

"야!"

하더니 철썩 때리는 소리와 함께 아이의 비명소리가 들린다. 수경은 번개처럼 몸을 일으켜 방을 뛰쳐나간다. 지훈아! 비통하게 소리치며.

"야! 이 형편없는 계집애야! 어떻게 애한테 손찌검을 하냐?"

언제 들어왔는지 남편 이준호가 우는 아이를 끌어안고 악을 쓴다. 아이를 눈으로 찾으며 수경도 덩달아 소리 지른다. 마치 본능처럼.

"아니! 애를 왜 때려!"

남편에게서 아이를 받으며 수경은 목구멍까지 치민 말을 참는다.

'참 대단한 수준이네! 뭐라고 한마디만 해! 되로 받은 거 말로 돌

려줄 테니! 남편한테는 참고 살지만 너한테는 더 안 참아!'

시어머니가 소란 때문에 쫓아 나온다. 어진 시어머니의 얼굴을 보고서야 수경은 자신을 억제한다. 딸은 엄마 닮는다는데 왜 시누이는 아버지를 빼다 박았을까.

'도시는 깊은 바다 저마다의 사연에 겨운 가슴들이 켜켜이 침몰해 있는…….'

아이를 안고 돌아서며 생뚱맞게 수경의 머릿속에 시 구절이 떠오른다.

'아! 이 별것도 아닌 속물 인생들! 어서어서 날이 가 저 시누이 좀 제 시집으로 가 버렸으면. 정말이지 어서!'

Here and now
도시는 깊은 바다
저마다의 사연이 켜켜이 침몰해
거품 되어 소용돌이쳐도
시간을 통과하고 뒤돌아보면
언제였던가 자취도 없네
그래도
햇살에 스러지는 이슬의 영롱함처럼
아픔과 고통들이

처연하게 찬란하구나

사연의 색깔들이여!

그러나 나 아직은

지금 여기에!

Here and now. ◎

모기의 꿈

모기의 꿈

서늘한 밤공기를 가르며 물안개가 피어오른다.

처음엔 조금씩 피어오르더니 물안개는 차츰 하얗게 온 지면을 덮어 간다. 내일 아침이면 이슬 되어 모든 만물을 촉촉이 적시리라. 이러다가 어느 날 갑자기 기온이 내려가면 차디찬 서리가 되어 버리리라. 아무 생각 없이 연약한 초목의 생명을 빼앗아 가겠지. 그다지 그날이 멀지 않은 것 같다.

요즘은 낮과 밤의 일교차가 너무 커 낮에는 웬만큼 활동할 수 있는데, 밤만 되면 꼼짝할 수가 없다.

나는 아지트인 킹 노래방에서 모기향을 피우는 바람에 후딱 도망쳐 나왔다가 다시 들어가지 못했다. 할 수 없이 건물 앞 화단 채송화 꽃잎을 이불 삼아 꽃잎과 꽃잎 사이에서 자기로 했다.

엄마가 나와 형제들에게 일러 준 가르침 중 하나가 꽃 이파리 사이에서 자는 거다. 안전하기도 하고 춥지도 않다.

아! 자려니까 포근한 이부자리 생각이 간절하다. 킹 노래방 사장 부부가 눕기도 하고 앉기도 하다가 퇴근하면 내 세상인 그곳! 킹 노래방 카운터 옆의 으슥한 곳. 좀 이따 그 부부가 퇴근하면 그들의 이불에서 잘 수 있는데. 찬 밤거리로 홀몸도 아닌 날 내쫓다니. 의도적으로 한 짓은 아니지만 악랄하다!

출입구의 불빛은 여전히 비어져 나온다. 간간 문이 열리기도 하지만, 그러나 아직도 모기향이 짙은 저 안에 들어갔다간 나는 생을 끝내야 한다.

하나님은 참 불공평하다. 나같이 미약한 창조물에게 한 모금만도 치명적인 저 연기가 인간들에게는 아무것도 아니라니. 나 하나야 죽어도 그만이지만 내 배 속에는 목숨 걸고 지켜야 할 나의 아기들이 있다. 어떻게든 잘 보호하다가 안전하게 낳아야 한다! 그러려면 따뜻한 피가 좀 더 필요한데. 추위가 오기 전에 어서 낳아야 하는데.

별안간 요란한 소리가 난다. 이 소리의 정체는? 환풍기 돌리는 소리다. 어느 손님이 또 담배를 무지 피워 댔나 보다. 담배연기는 나도 못 견디게 싫고 모기향만큼 무섭다.

참 인간들은 재미있는 동물이다. 담배같이 독한 것을 입에 물고 피워 대면서 사실상 거의 무공해 곤충인 나를 해충으로 여기고 보기만 하면 때려죽인다. 나는 피보다 꿀이나 식물의 수액이 훨씬 맛있다. 하지만 임신 중에는 오직 따뜻한 피만 먹어야 하는 걸 어쩌랴.

사실 흡혈귀 취급받기 싫어서 평생 임신하지 않으려 했다.

그런데 얼마 전 백합꽃 밭에서 향기에 취해 있을 때, 크고 거무스레한 날개를 가진 생전처음 보는 잘생긴 수놈 모기가 나타난 거다. 녀석은 날 보자,

"안녕 예쁜이!"

하고 말을 거는 게 아닌가.

"내 이름은 킹이야,"

살짝 윙크하면서.

"야! 나의 노래방 이름하고 똑같네! 멋있다! 그 이름 너하고 참 잘 어울린다!"

나는 내 생애 처음으로 왕성한 호르몬의 작용을 느꼈다.

그래! 암모기로 태어나서 단 한 번의 사랑의 기회를 너에게 주어도 후회 안 할 거 같아!

나와 함께 태어난 그 많은 형제 중 누구도 킹처럼 멋진 날개를 가진 수놈은 없었다. 엄마는 약 200개의 알을 은혜아파트 정원 작은 연못에 낳았다. 나는 연못 속이 이 세상의 전부인 줄 알고 4차

례의 변태 시절을 보냈다. 마침내 성충모기가 되기 직전 어느 날 엄마가 우리들에게 말했다.

"이 세상은 커, 너희가 상상할 수 없을 만큼. 우리는 아주 작고 힘없는 곤충에 지나지 않아. 게다가 우린 수명도 다른 생명체에 비해 무지 짧단다. 수놈들은 그래도 약기만 하면 조금 오래 살 수도 있지만, 엄마 같은 암컷의 생애는 때에 따라 더 짧을 수도 있어. 엄마 말을 잘 들으면 너희들에게 아주 많은 도움이 될 거야."

그렇지만 우리 형제 중 누구도 엄마 말에 귀 기울이지 않았다. 오직 나만이 엄마 말을 듣다가 엄마에게 따졌다.

"우리가 아주 작은 곤충이면 큰 곤충은 누군가요? 왜 우리같이 작고 힘없는 곤충을 낳았어요?"

엄마는 잠시 말이 없더니 나를 쓰다듬어 주었다.

"마음대로 선택해서 태어날 수 있다면 오죽이나 좋겠니. 생명을 마음대로 선택할 수는 없단다. 그건 조물주 하나님의 권한이야. 그렇지만 크든 작든 누구나 생명은 한번뿐이고, 어떤 생명도 더 할 수 없이 소중한 거야."

엄마는 말을 끊고 생각에 잠겼다가 다시 이야기를 시작했다.

"다른 모기들은 알을 낳아만 놓고 잊어버리기 일쑤란다. 그래도 엄만 너희들을 이렇게 지켜 주었잖니? 뭐 생색을 내자고 이런 말 하는 게 아니야. 너희들이 이 위험한 세상에서 잘 살아 나가길 바랄 뿐이지. 너희들 나를 따라올래?"

이미 마지막 변태를 거쳐 날개 달린 몸으로 변화를 시작한 나의 형제들은 사방팔방 제멋대로 날아가고 있었다.

아직 알이었을 때, 그리고 장구벌레, 번데기였을 때 우리들은 한 형제야 절대로 헤어지지 말자고 수없이 노래를 불렀다.

그 찰떡같은 약속은 다 잊은 것인가? 풀풀 날아가 버리는 그들을 보며 나는 초조했다. 어쩌다가 진행이 더뎠던 나는 혼자 남을지도 모를 판이므로 우선 엄마라도 붙잡자고 생각했다.

엄마는 형제들을 바라보며 녀석들아! 엄마 말 안 듣고 제멋대로 날기부터 하면 참새나 잠자리 먹이밖에 될 수 없어! 목메어 외쳤지만 속수무책이다.

멍하니 바라보던 엄마는 눈물을 뚝뚝 떨어뜨렸다.

옆에서 바라보던 나는 엄마! 난 엄마를 따라가고 싶어요, 라고 말했다. 너 같은 애도 있구나! 엄마는 매우 기뻐했다. 너마저 없었다면 속상해서 어쩔 뻔했니? 그때 나처럼 탈피가 늦었던 여동생이 엄마! 나도 있어요! 하고 외쳤다.

우린 함께 똘똘 뭉쳐서 살기로 했다. 엄마는 우리를 데리고 풀잎에서 어둠을 기다렸다가 아파트로 들어갔다. 그리고 엘리베이터 안 거울 검은 글씨 위에 앉았다가 밤늦게 귀가하던 킹 노래방 부인의 바바리 깃 사이로 숨어들었다.

"요즘 사람들은 검은 옷을 좋아하는데 우리한텐 아주 고마운 일이란다. 우릴 감춰 주거든. 이담에 숨을 일이 생기면 반드시 검은색에 숨도록 해라."

그렇게 해서 우리 세 모녀는 킹 노래방 사장 집 이불장에 거주하게 되었다. 엄마의 가르침은 우리에게 많은 도움이 되었다. 별 탈 없는 나날이 지속되었다. 다른 형제들은 어떻게 되었을까?

한 열 마리만 살아 있어도 기적이지. 내 가르침에 귀를 기울이는 신중함이 있었다면 더 많이 살 수 있으련만.

엄마는 가끔 그렇게 중얼거렸다.

같이 살게 된 사람들은 네 명인데 가정부도 가족이라면 다섯이라고 해야 할 것이다. 킹 노래방 사장 내외, 사장은 부인이 없을 때 가정부와 은밀한 짓을 한다.

아무도 모르지만 우리 모기들 눈까지 속일 수는 없다. 큰아들 준식과 늦게 낳은 아들 준호. 우리는 되도록 준식을 멀리했다. 준식은 서른 살의 청년. 준식의 민첩한 행동과 예리한 눈초리에 걸리면 우리 생명은 끝이다. 준호는 세 살인데 모기인 내가 보기에도 너무나 귀여웠다. 엄마는 준호의 피를 매우 좋아했다. 나는 정색을 하고 따졌다.

"엄마! 어떻게 귀여운 아기 피를 빨아먹을 수가 있어요?"

엄마는 코웃음 쳤다.

"뭐? 귀여운 아기? 준호는 아기 아냐. 너 보다 훨씬 더 나이가 많아. 아! 아깝다. 아기이면 더 좋았을 텐데."

그것이 엄마의 반응이다. 참내 기가 막혀서.

"아유! 끔찍해, 엄마! 꽃의 꿀이나 수액이 더 맛있잖아요? 비린내 나는 피가 뭐가 좋아요?"

"나도 원래 피 좋아하지 않았어. 다아 너희들 때문에 내가 이렇게 된 거야. 너희들 임신했을 때 피 맛을 알게 됐거든. 그리고 아파트에서 계절 구분 없이 피 먹으며 사니까 내가 아직 살아 있는 거지 밖에서 살았다면 난 벌써 이 세상에 없을걸."

"정 피를 먹어야겠다면 킹 노래방 사장 피를 드세요."

엄마는 웃었다.

"너 사장 싫어하는구나? 그래 여자라면 그런 사람 다아 싫어하지. 그래도 아주 나쁜 사람은 아니란다."

원, 자기 집 안방에서 부인 몰래 가정부하고 바람피우는 사람이 아주 나쁜 사람이 아니면? 그럼 나쁜 사람은 도대체 어떤 사람이람?

엄마는 내가 아무리 말려도 굳이 준호의 피를 즐겼다. 잔인하게. 그때 나는 결심했다. 절대로 임신하지 말자. 임신하면 괴물, 아니 흡혈귀 된다.

엄마는 어떻게든 엄마가 알고 있는 삶의 지식을 우리 자매에게 전수하려고 애썼다.

"그렇게 아무 데서나 자면 네 명대로 못 산다. 반드시 이불장 위나 높은 데서 자야 한다. 모기약을 뿌릴 땐 창문 밖으로 슬쩍 피했다가 들어오면 돼! 사람 피는 반드시 사람이 잘 때 먹어야 한다. 수놈 모기가 윙크해도 넘어가지 마라. 새끼 한 번 낳으면 몸이 껍질만 남아서 얼마 못 살아. 그럴 때 허겁지겁 사람 피 먹다가 죽는 경우가 암놈 모기의 대부분이란다."

끝없이 읊조리는 엄마의 잔소리. 엄마가 숨을 쉬기 위해 잠시 멈추면 나는 얼른 장롱 위로 날아가 버린다. 엄마가 또 시작할 틈을 주지 않기 위해.

아유우 지겨워! 듣기 좋은 노래도 한두 번이지, 자고 새면 으레 듣는 엄마의 잔소리가 차츰 싫어지더니 지겹다 못해 진저리가 날 지경이다.

눈을 동그랗게 뜨고 엄마 말에 귀를 바짝 기울이는 여동생도 꼴 보기 싫었고, 쉬지 않고 떠드는 엄마도 싫고. 내가 결국 손을 들었다. 난 결심했다. 당분간 엄마랑 떨어져 지내자.

지금 생각해 보면 엄마가 옳았다. 그러나 인생, 아니 모기생의 진정한 의미는 결국 내 스스로 깨달아 가야 하는 것 아닐까. 그리고 어차피 영원히 살 수는 없고, 언젠가는 죽어야 한다. 그렇다면 엄마처럼 오래 살려고 기를 쓸 게 아니라 짧게 살지라도 의미 있게 살아야 하지 않을까?

엄마 곁에서는 그것이 도저히 불가능하다!

결론을 내린 나는 처음 집에 들어올 때처럼 킹 노래방 사장 부인의 옷깃에 숨어서 가출을 해 버렸다. 엄마랑 여동생이 낮잠에 빠진 틈에.

어쩌면 킹을 만나기 위해 아파트에서 나온 건 아닐까? 말이 나왔으니 말인데, 우리 모기들도 최고의 삶을 위해 서로 정보 정도는 교환한다. 아파트에서 사는 모기가 수명이 제일 길고, 안락하게 살 수 있다는 것쯤 상식이다. 그러나 엄마에게 일일이 간섭을 받으며 사는 것은 재미없다.

자유롭게 가고 싶은 곳 좀 가고 아무 데서나 낮잠도 실컷 자고 그러려고.

그러다가 킹을 만났다. 만일 참견장이 엄마가 곁에 있다면 킹과 그렇고 그런 사이가 될 순 없었을 거다. 그러나 난 혼자고, 인생 아니 모기생 뭐 있냐? 한번뿐인 짧은 삶 중 사랑 한번 하는 것이 뭐 그렇게 잘못이랴.

나는 나에게 다가온 녀석을 거절하지 않았다. 고민은 길고 사랑은 짧다. 킹과 나는 채송화 꽃잎 사이에서 초야를 치렀다. 킹은 마치 꿈을 꾸는 것처럼 내 배 속에 약 오백 개의 정충을 넣어 주었다.

"넌 너무 예뻐!"

그렇게 속삭이면서.

아직 꿈에서 채 깨어나지 못한 나를 두고서 킹은 휙 날아가 버렸다. 비몽사몽 중에도 나는 생각했다.

'또 다른 암놈 모기를 찾아갔겠지.'

'나와 나의 아기들 걱정 같은 건 아예 머릿속에 없는 걸까.'

내 아버지도 그랬다고 한다. 그러나 어쩌랴, 그것이 암놈인 나의 정해진 운명인 것. 일단 임신을 한 나는 배 속 아기들을 지키기 위해 얼마나 애썼는지 모른다. 매일 일정량의 피를 열심히 보충했다. 밤이면 사장 부인 바바리코트 깃 사이에 숨어서 아파트로 돌아갈 수도 있지만, 아파트로 돌아가면 마음 놓고 피를 마시기가 어렵다. 밤에만 기회가 주어지는 것은 까다롭다. 보나마나 준호 피에 매달려 엄마랑 경쟁해야 한다. 엄마가 무지 보고 싶어도 참는 것은 그 때문이다. 괜히 임신했다고 슬그머니 후회도 했다. 활동에도 지장이 많다.

홀로서기의 날들은 기대만큼 재미있는 나날은 아니다. 그렇다고 전혀 재미없지도 않다. 가끔 정말 TV에서 보여 주는 쇼 못지않게 재미있는 것을 본다.

불과 삼 일 전 경찰이 K시 모든 휴게텔을 기습적으로 단속했다. 킹 노래방 바로 옆 건물에 담 하나 사이로 휴게텔이 있는데 역시 단속을 피하지 못했다. 휴게텔 여자들은 뿔뿔이 도망을 쳤는데 모두 잡혔지만 한 여자애는 잡히지 않았다. 담을 넘어 킹 노래방으로 뛰어 들어온 것이다. 밤 두 시가 넘은 시간, 때마침 사장의 큰아들은 혼자 TV를 보고 있었다. 웬 여자애가 느닷없이 나타나 사시나무 떨듯하며 숨겨 달라고 애원하니……. 얼굴을 보니 평소 담장 사이로 낯을 익힌 소녀이다. 룸에 넣고 음악을 틀어 주고 손님인 척 가장했다. 그래도 마음이 안 놓이던 차에 인기척이 나자 경찰인가 지레짐작하고 소녀와 화려한 스킨십을 벌였다. 애인을 가장한 것이다.

순진한 경찰은 웃으며 순순히 돌아가 주었다. 위기를 모면한 소녀는 사례로 옷을 벗었다. 이것밖에 없어요, 라면서. 그 밤 킹 노래방은 일찌감치 간판을 끄고 셔터를 내렸다. 나는 밤새도록 젊은 남녀의 정사를 관람했다.

사장 큰아들은 여자애와 약속이 되어 있는 날은 노래방을 자진해서 지킨다.

내가 가게 지킬 게 엄마 들어가세요, 아빠 피곤하시죠, 집에 가서 쉬세요. 입에 발린 소리에 아무것도 모르는 부모는 그저 기특해 할 뿐이다. 아들을 너무 믿네? 부모에게는 품 안의 아들이지만 엄연히 법적으론 성인이다.

눈이 맞았다 해도 뭐 비난받을 일은 아니다. 비난받을 건 엄연한 배우자를 속이고 바람을 피우는 아버지 킹 노래방 사장이지.

노래방인지라 가끔 남자 도우미도 드나드는데 주로 중년여인이 상대다.

중년여인들은 아들이나 막내동생 같은 남자 도우미를 떡 주무르듯 한다. 나는 남자 도우미가 떴다 하면 그 짜릿한 구경을 절대로 놓치지 않는다. 남자만 엉큼한 줄 알지만 천만에! 여자도 남자 못지않다.

인간들이 한낱 모기인 나보다 더 정조관념이 없다는 것은 놀랍다. 나는 오직 한 번의 사랑에 목숨 걸고 임신하는 것으로 암컷의 역할을 끝내는데 인간들은 배우자 아닌 상대와 얼마든지 혼외정사를 가진다. 도덕적으로 따진다면 인간들이 나보다 못하다. 나는 그 점에서 우월감을 느낀다.

얼마 전에도 아주 잘생긴 남자 도우미가 왔었다.

사장 부인은 아휴 우리 아들! 그러면서 극성맞은 여자들에게 시달리는 것을 몹시 안쓰러워한다. 자기도 능청맞게 슬쩍슬쩍 남자애 손을 만져 보기도 하고 그러면서 페이를 몇 푼 더 쥐여 준다. 다음에 또 오라고 약속을 받아 내기도 한다.

주로 부인 혼자 가게를 지키는데 어제는 밤늦은 시간에 사장이 나타났다. 술에 잔뜩 취해서. 사장이 나타날 땐 뭔가 낌새가 있다. 사장은 친구들 댓 명과 함께였는데 이내 뒤따라 어디서 왔는지 웬 여자들이 남자 숫자만큼 들이닥쳤다. 마침 산책 삼아 잠깐 화단에 있던 나는 호기심이 동해 활짝 열린 문으로 따라 들어갔다.

카운터 위에는 '환영합니다'라는 말이 커다랗게 씌어 있다. 언제나 나는 그 글씨 검은 부분에 앉는다. 오냐, 환영해 줘 고맙구나, 기특하다, 라고 으스대면서.

나를 따라 같이 들어간 몇 모기 녀석은 아무 데나 앉았다. 결론은 사장 큰아들의 날렵한 파리채에 맞아 죽는 거다.

비록 모기일지라도 그 정도의 계산은 해야지. 그나마 간신히 부여받은 짧은 생조차 제대로 못 누리다니.

각설하고, 아직 동안이지만 아버지 덕에 학원 원장을 하는 사장 큰아들은 화가 난 듯싶었다. 아마도 아버지가 잔뜩 취해서일 것이다. 이 건물 2층에서 학원을 운영하는 제 체면 때문이겠지. 술은 저도 가끔 마시면서. 아무튼 사장은 아들을 굳이 집에 들여보낸다. 그리고 여자들과 같이 술을 마시고, 껴안고 춤을 추기도 하고 심지어 키스타임도 가진다. 분위기는 점점 무르익어 갔다.

나는 모기지만 수컷들의 무분별한 바람기에 할 말이 많다. 오죽하면 평생 임신을 하지 않으려 했을까.

노래방에서 지내는 것은 좋은 편이다. 따뜻한 자리가 늘 깔려 있을 뿐 아니라 먹을 것도 얼마든지 있다. 지금도 모기향만 아니면 굳이 노래방을 나올 이유가 없다.

노래방에 드나드는 많은 인간들은 나에게 따뜻한 피를 제공한다. 술과 분위기에 취한 남녀들은 내가 아무리 피를 빨아도 전혀 깨닫지 못한다. 사장 일행은 질탕하게 놀고 쌍쌍이 다시 나갔다. 어디로 갔을까? 깜빡 조는 사이에 다 나가 버렸다. 뭐 따라다닐 필요는 없지 싶은 나는 그냥 쉬기로 했다. 그들이 남긴 맥주 맛을 보기도 하고 과일 맛을 음미하기도 하면서.

그런데 그때 사장부인이 왔다. 평소와 달리 머리에 힘주고 안 하던 짙은 화장에 귀고리며 목걸이까지 했다. 남자 일행이 한바탕 놀고 간 자리는 지저분하게 어질러져 있다. 사장부인은 잠시 한심하다는 듯 바라보다가 걷어붙이고 청소를 한다. 그녀는 아마도 한 스무 번쯤 복도를 왔다 갔다 했을 것이다.

빈 캔을 모아 버리는 것을 시작으로 쓰레기를 치우고 빗자루로 쓸고 걸레질을 하고 향수를 뿌리고……. 누구는 진탕 먹고 어지르는가 하면, 누구는 치운다.

외출에서 돌아와 쉬지도 못하고 쯔쯔……. 모기인 나도 쉬고 있는데, 나보다도 못하네.

다소 사장부인이 안된 것 같다.

겨우 일을 끝낸 부인이 어디론가 전화를 한다.

"나야. 잘 왔어. 알았어, 안녕!"

누구와의 통화일까? 매우 간단하다. 잠시 무언가 생각하더니 또 전화를 한다.

"어디야? 빨리 와! 아유, 자기 술 많이 했나 봐!"

짜증을 내며 전화를 탕! 소리 나게 끊는다.

시간이 지나고 손님이 하나둘 들어와도 사장은 돌아오지 않는다. 사장부인은 거칠게 또 전화를 한다.

"어디 있어? 왜 안 와?"

묻던 그녀의 눈이 순간 번쩍 빛을 발한다.

"옆에 누구야?"

아마도 전화가 끊겼는지 사장부인은 사납게 다이얼을 쿡쿡 찍어 재통화를 시도한다. 그런데 이번엔 전화기가 꺼져 있단다. 반사적으로 그녀는 벌떡 일어나더니 뛰어나가려 한다. 그러다 손님이 한 사람 안에 있는 것을 깨닫고 잠시 멈춘다. 안절부절못하며 손님이 나가길 기다린 후 문을 철컥 잠그고 뛰쳐나간다.

'저 여자 어디 가는 걸까?'

나는 순간 재빨리 사장부인을 따르기로 했다. 등 뒤에 숨어서.

그녀는 씩씩대며 잰걸음으로 동네를 몇 바퀴나 돌았지만 찾지 못한다. 결국 체념하고 힘없이 돌아가기로 한다.

거리는 온갖 간판과 각종 차들의 라이트가 수없이 번쩍거리며 불야성을 이루고 있다. 정신이 하나도 없다. 명 보전하려면 가만히 숨어 있어야지.

사장부인이 걸음을 멈춘다. 몸을 부르르 떤다.

'왜 그러지?'

의아한 내가 사방을 살피자, 내 시야에 길 건너고 있는 사장의 모습이 보였다. 그런데 혼자가 아니다. 아까 그 여자! 바로 동행했던 여자와 팔짱을 끼고 바짝 붙어서 함께 건너오고 있다.

아마도 사장부인은 남편의 그 모습을 본 모양이다. 무어라 표현할 수 없는 미묘한 소리가 났다. 사장부인의 입에서 터져 나온 소리인데, 실로 기묘했다. 소리와 함께 번개같이 사장에게 뛰어간 그녀는, 사장의 몇 오라기 안 남은 머리카락을 움켜쥐더니 마구 흔들었다. 그 기묘한 소리를 연발하며. 야! 같기도 하고 이야! 이야! 같기도 하다.

희망상회에서, 깜장 김밥집에서, 그리고 개성만두에서 모두 뛰어 나오거나 내다본다. 이층에 있어 소리 전달이 늦은 만남 단란주점에서도 뛰어 내려왔다.

그러거나 말거나 이미 이성을 잃은 사장부인은 머리 꺼드는 것을 그치고, 이번엔 남편을 두들겨 패고 있다. 대책 없이 두들겨 맞으며 사장은 주저앉은 채 발길질을 해 보지만 그러나 흐느적거릴 뿐이다. 사장의 팔짱을 끼고 소곤거리던 여인은 혼비백산 도망친다. 도망치는 걸음이 덜덜 떨리고 있다. 사장부인은 완전 미친 사람 같다.

늘 침착하고 상냥하던 그녀의 돌변은 보는 모든 이를 충분히 놀라게 했다. 나 역시도 놀랐다.

사장이 이이잉— 울음을 터뜨린다. 정신 나간 듯 행동하던 그녀가 숨이 찬지 잠시 멈추었다. 그리고 휴우 길게 숨을 내쉬더니 사장이 우는 양을 보다가 까르르 웃음을 터뜨린다.

이 여자가 드디어 미쳤구나. 나는 모골이 송연해진다. 모기가 무슨 모골이 있냐고? 그러면 이럴 땐 어떤 표현을 쓰냐?

사장부인은 가슴을 쓸어내리며 아! 시원하다. 한마디 한다. 그러고는 비로소 쓰러져 있는 남편을 부축해 일으킨다. 비틀대며 걷는 남편을 거의 끌고 가다시피 움직여 킹 노래방으로 들어간다.

넋을 잃고 바라보던 이웃들도 모두 자기 자리로 돌아간다. 입방아를 찧으며.

평생 시부모를 지극정성으로 섬겼다고 K시를 비롯 각종 단체에서 효부상을 산더미같이 받은 그녀이다.

뿐이랴. 평소 그녀를 두고 참 여자답다고 칭찬을 아끼지 않던 남자들은 다 놀란 가슴을 두드린다.

여자들도 때는 이때다! 싶었는지 한마디씩 한다.

봐! 저 여자보구 뭐랬어? 여자답다구 그랬지? 퍽두 여자답다.

어이구 무서워라! 원, 두 번 여자답다가는 사람 잡겠네.

저 여자 보기완 다른데? 아니 어디 하늘같은 신랑을 두들겨 패? 그것도 길거리에서?

글쎄 말야. 원, 패는 것 보니까 한두 번 해 본 솜씨가 아냐.

어이구, 요즘 매 맞는 남편이 있다더니 바로 킹 노래방 사장이 그런가베.

졸지에 매 맞는 남편이 되고 천하에 악처가 된 킹 노래방 부부는 노래방에서 말다툼을 계속한다. 아직도 분이 덜 풀린 부인의 악쓰는 소리가 밖에까지 들린다.

"아까 그년 누구야? 엉? 어떤 사인데 팔짱 끼구 찰싹 붙어서 동네방네 돌아다녀? 빨리 말해! 빨리 말해!"

"아니 여자라니! 여자가 어딨다구! 여자가 어딨어?"

사장의 말대꾸는 궁색하다 못해 처량하다. 남편의 눈빛만 달라도 기가 죽는 평소의 부인이 아니다.

"뭐 하는 거야? 잠들면 다야? 잔다구 그냥 지나갈 줄 알아? 눈 떠! 눈 뜨란 말야!"

부인이 아무리 닦달해도 남자는 기진맥진했는지 쓰러져 잔다. 부인이 긴 한숨소리를 낸다. 부부싸움 1막이 지나간 건가. 얼마나 지났을까? 손님도 오지 않고, 시간은 밤을 지나 새벽으로 간다.

사장부인은 쭈그리고 앉아 꾸벅꾸벅 졸고 있다. 그러다 잠이 들었나 보다. 반면 사장은 네 활개를 펴고 쿨쿨 자다가 부스스 눈을 뜬다. 부인의 자는 모습이 제일 먼저 눈에 뜨이자, 슬그머니 일어나 아내를 자리에 누인다.

"사람 참. 잠은 누워서 자야지, 누워서. 자, 아이구, 아야! 왜 이렇게 몸이 여기저기 아프지?"

그리고 시계를 본다. 벌써? 사장은 깜짝 놀라 간판 불을 끈다. 어휴, 어젯밤 장사는 제대로 했나 몰라. 중얼거리며 아내 옆에 눕는다. 글씨에서 졸던 나는 그만 피식 웃는다.

'바보! 마누라한테 뒈지게 두들겨 맞았는데 것도 모르는 모양 아냐?'

불이 꺼지고 부부의 숨소리가 들린다. 나도 다시 잠이 든다.

아까의 사장 일행에게서 충분하게 피를 섭취한 나는 오직 졸릴 뿐이다.

얼마나 잤을까? 전화벨 소리가 요란하게 두 사람을 깨운다. 덕분에 나도 잠에서 깼다. 사장부인이 일어나 전화를 받는다.

"응, 엄마랑 아빠 가게서 잤다. 이제 들어갈게."

전화를 끊은 부인이 남편을 깨운다.

"여보, 준호가 집에 오래!"

준호는 그들 부부의 늦둥이 아들이다. 오십 고개를 넘은 그들에게 준호는 보배이다. 준호라면 자다가도 벌떡 일어나는 사장은 눈을 뜨고 묻는다.

"왜? 준식이 집에 아직 안 왔대?"

"준식이 집에 있어."

대답하며 부인은 남편을 일으켜 세운다.

뿌옇게 밝아 오는 아침 그들 부부는 아파트로 향한다. 나는 어쩔까 망설이다 그냥 글씨 위에 남았다.

다시 노래방 영업시간이 되자 사장이 어디선가 어젯밤 일을 들었는지 불같이 화가 나서 부인을 닦달한다.

"어쨌다구? 날 길거리에서 막 두들겨 팼어? 야! 아무리 잘못을 해두 그렇지, 남편을 그렇게 묵사발을 만들기냐?"

부인은 피식피식 웃으며 말대꾸를 피한다. 분해서 어쩔 줄 모르는 사장을 피해 부인은 시장에 간다며 자리를 떠난다.

부인이 자리를 비우자마자 어떻게 알았는지 어제 사장과 팔짱끼고 다니던 여자가 들이닥쳤다.

"어머! 오빠 살아 계시네. 난 오빠 어제 날짜로 사망한 줄 알았는데."

새빨갛게 칠한 입술을 남자 앞에 들이대며 지저귄다.

"그렇게 무서운 아줌마랑 어떻게 살아요?"

사장의 얼굴이 이지러진다.

"원래 그런 사람 아니야. 결혼생활 삼십 몇 년 만에 처음이야."

그래도 마누라 역성을 드니까 여자는 질투가 나서 어쩔 줄 모른다.

"원 남편 없는 사람 정말 서럽네. 기가 막혀라! 난 무서워서 다신 여기 안 와요. 안녕히 계세요."

여자는 쌩하니 나간다. 악랄하게 이간질을 하고 돌아가는 뒤통수가 얄밉다. 여자야 가든 말든 자존심 상한 사장은 중얼거린다.

"이노무 여편네, 안 되겠네……."

화가 난 사장은 부인이 시장에서 돌아오자마자 한바탕 목소리를 높이며 시비를 건다. 남편을 그렇게 망신 주어야 하겠냐며. 잠자코 듣고 있던 부인이 눈물을 글썽이며 말했다.

"여보! 여자랑 팔짱 끼고 둘이 찰싹 붙어서 길을 건너는 게 눈에 뜨인 순간 내가 숨이 탁! 막힙디다. 그다음은 내가 뚜껑이 열려서 무슨 짓을 했는지 나도 몰라요. 정신이 드니까 당신을 마구 두들겨 패고 있더라구요. 여보! 당신이 바람피운 게 뭐 한두 번이유? 그동안 내가 뭐 질투라도 한 번 제대로 합디까? 나도 내가 그렇게 미쳐서 날뛸 줄 정말 몰랐어요. 나는 그런 질투 같은 게 아예 없는 사람인 줄 알았다구요. 아무튼 당신을 실컷 패니까 숨이 절로 쉬어지고 가슴이 시원해지더군요. 만일 내가 그렇게 못했다면 아마 난 쓰러져 죽었을 거야. 숨을 못 쉬면 죽잖아요. 아, 글쎄 당신을 패니까 비로소 숨이 쉬어지더라니까!"

마누라의 말을 듣던 사장은 말했다.

"잘했어, 여보. 당신이 죽으면 나도 못 살아. 암 잘했구말구. 더 패! 더 패고 오래오래 살아."

듣고 있던 나는 중얼거린다. 어이구! 참 가지가지 한다. 그들을 비웃으면서도 그들이 부러웠다.

불과 얼마 전 일이다. 결국 결론은 조강지처 조강지부밖에 없다는 거지.

채송화 꽃잎 사이에서 잠들려니까 새삼 킹 생각이 난다.

'야! 우리도 킹 노래방 사장 부부 같으면 안 되겠니? 부부가 되어서 미운 정 고운 정 함께 나누며 같이 살면 오죽이나 좋아? 많은 네 새끼들이 곧 태어날 텐데 넌 그거 알고나 있니? 도대체 어디서 뭐 하냐?'

지금 채송화 꽃잎 사이에서 자려고 하는 것도 혹시 킹이 돌아와 주려나 하는 기대가 있기 때문이다. 처음 만났을 때 나에게 했던 말, 네가 세상에서 제일 예뻐! 너처럼 예쁜 앤 처음 봤어.

'아! 킹 돌아와 줘.'

간절히 기도해 본다. 이윽고 스멀스멀 잠이 찾아온다. 에라, 킹 꿈이나 꾸자.

나는 잠들었다. 얼마나 잤을까? 남녀의 대화— 소곤소곤해도 다정한 속삭임이 아니고 분명 다투는 소리가 나를 깨웠다. 그런데 여자 음성은 사장부인 아닌가?

"여기 오면 어떻게 해! 빨리 가!"

이게 무슨 소릴까 잠을 방해당한 나는 졸린 눈을 비빈다.

"누나 보고 싶어서 왔엉."

사뭇 어리광조로 콧소리를 내는 사내애는 분명 킹 노래방의 그 남자 도우미.

아니 노래 도우미가 당연히 노래방에 와야지 오면 어떻게 해라니? 이건 무슨 말이람? 수시로 드나드는 곳인데.

"우리 영감 알면 난 죽어! 빨리 가아!"

"싫어 누나! 사랑하지도 않으면서 그 사람하구 같이 잘 거잖아. 난 그 생각만 하면 잠이 안 와."

세상에 기막혀! 나는 채송화 꽃잎 사이에서 기어 나온다. 어휴 징그러운 인생들 얼굴 좀 다시 보자. 다음 순간 나는 그만 세상을 하직했다. 두 남녀가, 아니 정확하게 어린 남자 도우미가 사장부인을 껴안고 쓰러졌기 때문이다. 발밑 채송화 화단으로.

나는 내 애기들을 낳지 못하고 압사했다. 그래서 나의 이야기는 여기서 끝이다. ◎

수니야, 고마워

수니야, 고마워

 수니는 헉헉대며 가파른 뒷동산을 오른다. 봄이 오는 길목 동산 중턱에는 분홍빛 진달래가 무수히 피어 바람 따라 흔들리고 있다.
 수니는 진달래꽃을 따다가 화전을 부칠 참이다. 찹쌀가루를 익반죽해서 치댄 후 동그랗게 모양을 만들어 부치고 꽃을 색깔 곱게 붙여 주어 모양을 낸다.
 진달래 색깔과 모양을 잘 살리는 것이 관건이다. 그리고 소루쟁이 새싹도 뜯을 참이다. 어제 미리 우려 놓은 멸치국물에 된장과 고추장을 3:1의 비율로 풀어서 막 돋아난 소루쟁이 새싹으로 국을 맛나게 끓일 참이다.
 점심 무렵 수니의 집에 결혼을 약속한 현민이가 온다고 했다.
 지난 장날 길에서 얼핏 본 현민의 어머니는 몹시 차가운 인상이

어서 적지 아니 부담스럽지만 현민을 수니는 굳게 믿는다. 현민은 믿음을 깰 사람이 아니니까.

밖에서 누가 찾는 소리가 난다.

수니는 누구세요 물으며 나가 본다. 현민과 그의 어머니가 문을 들어서고 있다. 수니는 어서 오세요 공손히 인사를 한다.

"이 아이가 그 애니?"

현민의 어머니가 수니를 아래위로 훑어본다.

"아니, 어떤 부모가 딸자식을 학교도 안 보낸다더냐?"

수니의 미소 짓던 얼굴이 그대로 굳어진다. 현민의 어머니는 현민의 등짝을 후려친다. 그리고 현민의 손을 잡아 이끌고 수니의 집 대문에서 그냥 돌아선다.

수니는 안타깝게 현민의 이름을 부른다, 그러나 소리가 되어 입 밖에 나가지 않는다.

그때쯤이면 수니의 두 눈이 번쩍 떠진다. 꿈이다. 땀을 흥건히 흘리며 잠에서 깨어난다. 잠시 안정하고자 수니는 눈을 지그시 감는다. 왜 이런 꿈을……. 수니는 자신이 못마땅하다.

그때가 언젠가, 수십 년이나 지난 일인데…… 깨끗이 잊었다고 생각한 아득한 일인데…….

마스크를 하고 선글라스를 끼고 모자를 쓰고…….

수니는 오늘은 이 모든 것이 마음에 든다. 마스크가 답답해서 외출도 삼갔던 때가 있었다.

그러나 오늘은 고향에 가기로 작정했다. 돌아가신 어머니의 기일이다. 어머니는 고향 동네 뒷산에 아버지와 함께 잠들어 계신다. 고향 가는 길에 혹시 아는 사람이라도 만나려나.

생각은 그렇게 하지만 아는 사람 만나는 건 반갑지 않다. 마스크를 써야 하는 것이 오히려 고맙다.

수니는 인구 만 명 미만의 면소재지였던 고향의 한때 소문의 주인공이었기 때문이다. 이미 몇 십 년이나 지난 오래전 일이라 소문을 기억하는 사람이 아직도 있을까 싶긴 하지만.

생각도 하기 싫은 기억……. 차라리 죽어서라도 잊고만 싶을 만큼 고통스럽던 아픈 기억. 하루하루 숨 쉬는 것도 버거웠던 그때는 매일이 지옥 같았다.

수니는 사실 몹시 바쁘다. 이제는 지난 기억에 매달려 시간을 허비한다는 것은 쓰잘 데 없는 일에 불과하다. 할 일이 태산이다. 세탁기를 돌려야 하고 김치도 담가야 한다. 해도 해도 끝없는 집안일에, 뿐이랴 머잖아 명절이다. 남편이 장남이기에 원칙대로 하면 가족이 모두 수니의 집에 모여야 한다. 그러나 코로나라는 괴질로 인해 집합금지 명령이라나 암튼 모이는 것을 너나없이 꺼리는 시국 탓에 시댁 식구들은 오지 않는다고 했다. 한시름 놓은 기분이 들고, 그렇다면 오늘은 어머니한테나 다녀오자! 수니는 마음먹고 집을 나선 참이다.

아마 엄마는 누구보다 막내딸인 나를 가장 기다리실 거야, 새삼스럽게 어머니가 그립다. 그래서 전철을 탄다.

7호선을 타고 가다가 분당선으로 갈아타고 다시 경강선으로 갈아탄다. 친정 고향집 가는 길이 그렇게 단순하지는 않다. 그동안 수니는 고향집을 멀리했었다. 아니 고향집에 가기를 싫어했었다. 교통이 불편해서만은 아니다. 고향, 하면 빛과 그림자처럼 어쩔 수 없이 떠오르는 기억 때문이다.

전철도 생기고 교통도 많이 편해졌고 옛날에 비교하면 살기가 너무 좋아졌건만 현실적 거리라는 것은 아마도 마음의 거리이리라. 그 마음이란 것이 사랑하거나 미워하는 것의 차이가 아니다. 서로에게 마음의 빚을 지는 것이야말로 가장 먼 거리를 만드는 이유가 아닐까.

수니가 고향을 떠나던 날, 그때는 하루에 두세 번 다니는 시외버스를 타야만 했다.

그 시외버스를 타고 고향을 떠날 때 수니는 깊이 가라앉아 있었다. 세상에서 혼자만 외로운 길을 가는 것 같았다. 그 옛날 벼슬살이하다가 임금에게 밉보여 유배 가는 심정이 이런 걸까. 나는 어쩌다 집을 떠나는 신세가 되었을까.

어머니가 눈물을 흘리며 딸을 배웅해 주었다.

"내가 죄인이여, 다 내 죄루다가……."

그런 어머니에게 눈을 하얗게 흘기면서도 수니의 가슴도 어머니 못지않게 찢어졌다.

가슴이 찢어진다는 말…… 듣기는 했지만 막상 수니가 경험한 고통의 맛은 끔찍한 거였다.

교회 청년부에서 가장 잘생긴 방현민이 처음 수니에게 접근할 때는 꿈같았다. 그의 아버지가 법무사라고 했다.

그때 수니는 법무사가 뭐 하는 건지 잘 몰랐다. 어려운 한문으로 서류를 만들고 법원에 제출하는 대행 업무를 하는 곳 정도로 알 뿐. 그리고 면내에서 꽤 부자라는 것과.

아무튼 좋은 집안에서 태어나 잘 자란 미남청년이 수니보다 예쁜 다른 청년부 회원 다 놔두고 수니에게 집중해 주었다. 꿈같은, 영화에서나 나올 법한 이야기 아닌가.

현민은 청년부 모임이 끝나면 수니를 집까지 바래다주었.

수니 집은 읍내가 아니다. 수니의 집이 있는 동백벌은 읍내에서 걸어 30분 거리.

옛날에는 바닷물이 들어왔다던가, 그리고 수니의 집이 있는 동백벌은 온통 동백꽃밭이었다나. 그때가 언젠지는 모르지만.

그림 같은 뒷동산과 우람한 봉우리인 국수봉 줄기가 버티고 있는 중간지점에 위치한 동백벌. 앞에는 개울물이 흐른다. 경관으로는 그야말로 절경이다. 사람이 살기에 마냥 불편해서 그렇지 철저히 외부와 차단된 곳이다.

수니가 학교 다닐 때는 섶다리로 개울을 건너고서 인적 드문 오솔길을 타박타박 마냥 걸어야 학교를 갈 수 있고 집에 올 수 있었다.

아버지와 오빠들은 자전거로 휙휙 날듯이 다녔으나 수니와 어머니는 그저 걸어야 했다.

밝을 때는 그래도 걸을 만하고 괜찮다. 그러나 행여 늦어져 어두울 때는…….

지금까지도 수니는 캄캄한 고향 길을 걷는 흉몽을 꿀 때가 있다.

그런 길이 현민과 함께 걸으니까 달라지는 거였다. 온통 세상이 꽃밭이 되고 향기가 되고 즐거움이 되고……. 어두울 때조차 아름다운 길로 변모하는 것이 아닌가.

그저 웃고 이야기하다 보면 수니의 집이 보인다. 아쉽게 작별의 시간이 온다. 서로 또 바래다주느라 오가고 작별의 시간을 아까워하면서 그들의 감정도 깊이를 더해 갔다.

그렇게 그들은 사랑했다.

두 젊은이는 서로의 가족과도 친밀한 관계를 형성해 갔다. 현민과 수니의 부모도 둘의 사이를 묵인하고 있었다. 어쩌면 수니의 어머니는 자신의 딸보다 많이 배우고 얼굴도 잘생긴 현민이 과분했는지도 모른다. 처음 만났을 때는 결혼하기에 둘 다 아직 어린 나이였다. 그러나 몇 년이라는 시간은 두 사람을 꽉 찬 나이에 가져다 놓았다. 자연스럽게 결혼 말이 오갔다.

문제는 어느 날 저녁예배가 끝나고 수니의 귀가를 동행한 현민에게 주책없는 수니의 어머니가 자고 가라고 권하면서 발단된다. 현민을 수니의 방에서 재운 것까지는 괜찮았으나 수니를 그 방에 들여보낸 것은.

다음 날 아침 현민은 수니의 부모에게 큰절을 하고 수니를 책임지겠다고 말했다. 한없이 사랑스럽다는 눈빛으로 수니를 끝없이 바라보면서.

틀림없이 진실이었으리라.

막상 현민의 부모는 수니의 학력을 이유로 두 사람의 결혼을 반대했다. 그것도 수니의 면전에서. 현민의 학력은 그들이 사는 지역의 농업고등학교 졸업이고, 수니는 초등학교 졸업생이다. 중학교 갈 나이에 방직공장에 들어간 이후 방직공장을 근속하므로 그녀의 직장에서는 알아주는 기능공이지만.

청천벽력이 이런 걸까, 수니와 수니의 부모는 눈앞이 깜깜했다.

그런데다가 같은 교회 내 유정자 집사는 입을 삐죽거리며 노골적으로,

"가문이 차이가 나도 너무 나고, 학력도 그렇게나 차이가 나는데 결혼이 될 수가 없지."

라는 말로 수니와 그 가족의 가슴에 아예 노골적으로 망치질을 해 댔다.

밤마다 수니 어머니의 피울음이 교회 안을 가득 채웠다.

현민은 그래도 수니와의 교제를 지속하려 했으나 마음에 상처를 입은 수니는 현민을 가까이하지 않았다. 두 사람 사이에 처음으로 갈등이 생긴 것이다.

수니는 몇 번이나 직장으로 찾아온 현민을 만나 주지 않았다. 미칠 듯한 심정이 된 현민은 수니를 만나기 위해 여러 가지로 노력했다.

마침내 만나진 자리에서 현민은 수니에게 몹시 화를 냈다.

하긴 수니와의 관계를 끊으라는 어머니의 성화에 시달리지, 수니는 만나 주지도 않지 곤욕의 시간들이긴 했다. 마주 앉은 자리에서 현민은 화가 난 음성으로 채근했다.

"왜 나를 힘들게 하는 거야?"

수니는 어이가 없다. 누가 누구를 힘들게 한단 말인가. 대꾸 없는 수니의 얼굴에 현민은 해서는 안 될 말을 하고 만다.

"이렇게 힘들어서야……. 차라리 너를 잊고 싶다."

무거운 침묵이 잠시 지난 후 수니는 울면서 그 자리를 떠났다.

그녀를 잡으려고 일어섰던 현민은 주저앉았다가 다시 일어나 수니의 뒤를 따라갔다.

수니는 현민을 피해 아예 직장을 서울로 옮겨 버렸다.

정말 현민을 피해 간 것일까? 아니다. 현민이 따라오기를 기다렸을 것이다.

"난 너 없이 못 살아!"

라고 외치며 수니를 잡고 늘어지기를 바랐을 것이다. 그러나 현민은 수니를 따라가지 않았고 오히려 부잣집 딸과 결혼을 발표한다.

신붓감은 하필 같은 교회 내에서 현민과 수니의 데이트를 부러워하던 예윤옥이었는데, 윤옥은 수니의 교회 후배다. 두 사람의 연애사를 낱낱이 알고 있는 절친이라면 절친인 예윤옥은 사실 남몰래 현민을 짝사랑했었다. 수니에의 질투심을 불태우면서.

현민이 수니와 결혼하겠다고 부모를 조르자 현민의 부모는 하필 예윤옥을 찍어 주며 수니와 끝낼 것을 종용했다.

평소 언니 언니하며 따르던 윤옥이가 하필 다른 사람도 아니고 현민과 결혼한다니!

현민의 결혼 발표!

배신감에 치를 떨며 수니는 밤마다 울었다. 게다가 현민은 수니에게 금전적 빚까지 지고 있었다. 알뜰하고 똑 부러지는 수니의 결혼자금은 착실히 모아져 있었는데 현민은 그 일부를 융통하고는 갚지를 않는다. 수니의 어머니는 수니에게 돈을 받지 말라고 말했다. 차라리 돈을 떼이고 만나지 말라는 것인데 수니는 어머니의 그 말을 일소에 부쳤다.

"엄마! 공은 공이고 사는 사야. 내가 어떻게 모은 돈인데 그냥 날려? 악착같이 받아야지."

수니는 돈을 갚을 뜻이 없는 현민을 열심히 쫓아다니며 기어코 돈을 받아 내고 말았다.

마침내 현민에게 돈을 받아 내자 수니는 방긋 웃으며 말했다.

"고마워, 돈 갚아 줘서. 우리 이젠 얼굴 볼 일 없겠네. 흐흐…… 그래도 속이 시원한데? 다시는 만나지 말고, 혹시 봐도 모른 척하기로 해."

그리고 현민이 결혼한 다음 해 수니도 좋은 신랑을 만나 결혼한다. 서로의 결혼 소식을 듣고 싶지 않아도 그들은 들을 수밖에 없다. 한 교회를 다녔으니까.

그러나 수니가 정작 모르는 게 있다.

수니의 돈을 갚지 않고 질질 끈 데에는 현민이도 속셈이 있었다. 아무리 부모에게 애원하고 떼를 써도 부모는 수니와의 결혼을 허락하지 않았다. 결국 현민은 수니에게 책임져야 할 짓을 했다고 실토까지 했다. 부모는 대경실색했으나 그래도 가문을 위해서 가문에 대한 책임감을 가지고 수니를 포기하라고 명했다.

수니를 잊으라고 한다. 부모는 버릴 수는 없으니까, 결국 수니를 버릴 수밖에 없는데, 과연 수니를 잊을 수 있을까? 잊어야 한다고 생각하니까 더욱 수니의 모습이 눈앞에 아른거리고 수니가 그립다. 마치 바늘귀에 꼬여서 끌려가는 실처럼.

그립던 수니가 빛을 받기 위해 나타났을 때 현민은 수니에게 마지막일지도 모르니까 한 번만 안아 보게 해 달라고 청했으나 순이는 혀만 낼름 하고는 도망쳐 버렸다. 하긴 그때 이미 현민은 결혼했으니 수니가 말을 들을 리 없다. 수니의 뒷모습을 바라보던 현민은 순간 해서는 안 될 생각까지 한다.

'수니를 차라리 죽이고 나도 죽어 버릴까.'

수니도 자기처럼 다른 사람과 결혼할 것이다. 그것은 생각만 해도 견딜 수 없는 일이다. 비록 자신은 결혼했을망정. 수니가 다른 남자의 품에 안긴다는 것은 참을 수 없다. 무슨 도적놈 심보람. 그러나 그럼에도 불구하고 수니의 행복을 빌어 주어야 하는 것이 현민의 도리일 것이다.

한 여자를 포기해야만 했던 사나이의 속내는 한마디로는 표현할 수 없었다.

현민은 이후 교회도 빠지고 자신의 잘생긴 외모를 따르는 이런저런 여자들을 만나면서 허랑방탕한 나날을 보냈다. 아마도 다시는 수니를 못 볼지도 모른다. 그것은 차라리 피를 토하고 싶을 만큼 고통스러운 것이었다.

빚을 돌려받을 때 수니는 명랑한 척 재잘거렸다.

"고마워, 현민 씨. 돈 갚아 줘서. 우리 다음엔 혹시 만나도 서로 모른 척하기로 해."

그런 수니에게 현민은 눈물이 나는 것을 참으며,

"한 번만 안아 보자. 마지막으로."

라고 뻔뻔스럽게 말했으나 수니는 생긋 웃더니 바람처럼 도망쳐 버렸다.

그녀의 뒷모습을 바라보며 현민은 눈물을 참았다. 한 여자를 불행하게 했구나. 그러나 지금 이 시간 나도 불행한 걸 네가 알아주었으면 좋겠다. 나 너를 정말로 사랑했어, 상처를 주어서 미안해 수니야…….

두 사람 모두 결별은 감당하기 어려운 것이었다. 다른 벌이 있다면 그쪽을 택하고 싶다고 수니는 생각했다. 현민과 윤옥이 떠오르면 치미는 분노! 차라리 죽고 싶었다.

"선배언니의 남자를 가로채서 결혼하다니! 너는 나쁜 계집애야! 거리의 창녀보다 더 더럽고 야비한 것!"

먹고 싶지도 않고 잠도 제대로 이루지 못하는 나날들……. 심지어 숨을 쉬는 것도 힘겨울 지경이었다. 수니는 많이 야위고 초췌해져 갔다. 겉으로 내색 안 했어도 수니는 정말 죽고 싶도록 괴로웠다. 수면제를 조금씩 사서 모았다. 치사량이 몇 알인가, 얼마나 모아야 하나…….

그러던 중 수니의 직장인 삼광직물 방직공장 기숙사 내에 한 여직공이 자살하는 사고가 벌어진다. 공장장이 여직공을 가지고 놀다 버린 것이다. 죽은 여직공은 유서에 공장장이 한 짓을 자세히 적어 놓았다.

하은정이라는 수니도 잘 아는 처녀였는데 얌전하면서 야무진 아이였다. 공장장이 은정을 탐내 결혼하자고 접근했으며 여러 가지 선물 공세를 하고 같이 여행을 다녔다. 공장장에게 처자가 있는 사실을 알게 됐을 때 은정은 이미 임신 3개월이었다. 자신의 임신 사실을 공장장에게 알리자 공장장은 태도가 돌변했다고 한다. 아이를 지우라면서, 그 애가 내 아이가 분명하냐고 치욕적인 말까지 하므로 그만 은정은 수치와 모멸감을 가눌 수가 없어 이 세상을 버린다고 썼다.

하은정은 어떻게 알아냈는지 공장장의 집 문에다 목을 매달았다. 아침에 출근하려던 공장장이 제일 먼저 하은정을 발견했다. 기절초풍을 한 공장장은 그래도 자기 부인과 아이들이 놀랄까 봐 하은정의 시신을 절대로 못 보게 했다고 한다.

방직공장은 떠들썩했다. 공장장을 비난하는 여공들과 은정을 비난하는 남자직원들 간에 열띤 논쟁이 벌어졌다.

"여자가 몸가짐을 허술하게 했으니까 그런 일이 생긴 거야."

"잘생긴 남자가 처자 있는 걸 숨기고 유혹하는 데 안 넘어갈 여자가 어디 있어?"

언쟁을 들으며, 수니는 생각했다. 은정이가 죽을 만큼 잘못한 건 아닌데 경솔했다. 즉 나처럼 순서를 어긴 것이다. 먼저 남자가 총각인지 아닌지 그것부터 확인을 했어야 했다. 무조건 남자를 믿은 것, 그것이 실수인 것이다.

남자 측은 큰 잘못을 했다. 처자 있는 것을 숨기고 귀한 남의 딸을 노리개로 취급했으니⋯⋯. 저도 딸을 키우면서. 천벌 받아서 딸이 저 같은 놈을 만나면 어쩌려고.

그중에서도 귀에 들어오는 말이 있었다.

"뭐, 그렇다고 죽을 것까지는 없잖아. 정말 복수하는 길은 상대방이 보는 눈앞에서 아주 잘 사는 거야. 그게 진짜 복수야."

"그러면 아이는 어떻게 하고?"

"낳아서 애 아범한테 갖다 주든지 아니면 할 수 없으니까 지워야지 뭐. 아무튼 사람은 신중하게 처신해야지 돼요. 원, 얌전한 고양이 부뚜막에 올라간다더니 참한 줄만 알았던 은정이가 이렇게 될 줄 누가 알았을까?"

누가 잘못하고 누가 잘했을까, 수니는 은정을 동정하면서 공장장에게 눈을 흘겼다.

그리고 모으던 수면제를 몽땅 버렸다.

'그까짓 양심의 가책도 없는 남자라는 인간 때문에 죽긴 왜 죽어. 아마도 이 김수니가 잠 못 이루고 밥 못 넘기는 순간에도 그놈의 현민과 윤옥은 잘 처먹고 잘 살겠지.'

하는 생각이 든 것이다. 수니는 악착같이 살기로 결심했다.

그렇게 현민과 수니는 제각각 길을 갔다. 가정을 이루고 자녀를 낳아 기르며 아무 일 없는 듯 살았다.

그래도 얼굴 볼 일이 아주 없는 것은 아니다. 수니가 어쩌다 친정에 오면 당연히 교회에 출석을 한다. 수니가 남편과 아이들을 대동하고 교회에 출석하면 현민은 수니와 그 가족을 싫어도 볼 수밖에 없다.

수니 또한 현민을 보게 되지만 침착하게 지나쳐 버린다. 현민에게 처자가 있으며 수니와 현민이 상봉하는 자리에 그들이 있을 것을 알지만 그런 것에 관심도 없다는 듯.

아마도 두 사람은 서로의 그리움을 무관심한 표정으로 대변하지 않았을까.

어떻든 사연도 묻히고 모든 것이 사라지는 것처럼 시간은 지나간다. 그러나 사람 자체가 사라지면 모를까 마음까지 사라질 수가 없는 것은 어쩔까.

어느 명절엔가 수니는 친정집에 왔다가 은행 볼일이 있어 시내에 나왔다.

아버지 어머니 용돈을 좀 두둑하게 챙겨 드리고자 돈을 찾으러 나온 것이다. 아이 셋을 낳았고, 애들이 커 가니까 양육비는 언제나 생활비를 쪼들리게 한다. 치밀하게 알뜰하고 규모 있게 소비생활을 하지만 부모님은 언제나 뒷전이 된다. 스스로 양심에 찔려 아무튼 이번에는 부모님 용돈을 웬만큼 드려야 하겠다 싶어 돈을 찾으러 길을 건너는데 차들이 신호대기 중이어서 줄지어 서 있었다. 명절 때의 차량 정체 현상은 당연하므로 그러려니 하고 검은 승용차 앞을 지나는데 차 안에서 어떤 움직임이 느껴진다. 그러거나 말거나 은행 볼일을 보고 다시 길을 건너는데 문득 수니의 눈에 차 안이 들여다보인다.

한 남자가 옆에 있는 자기의 부인인 듯싶은 여자를 부둥켜안고 있다. 무심코 그들을 지나치는데 남자의 얼굴이 수니 쪽으로 향하고 있다.

수니는 집으로 향하면서 깨닫게 되었다. 그 남자가 현민이란 걸.

현민은 차 안에서 지나는 수니를 발견한 순간, 옆에 앉은 여자를 ― 부인이겠지 부지중 끌어안았다. 그러고는 수니가 지나는 동안 계속 수니를 바라보고 있었다.

이건 어떤 설명이 필요할까.

문득 아리어 오는 가슴을 달래면서 수니는 한참 자신을 가누어야 했다.

현민— 첫사랑.

그것만이었으면 얼마나 다행이었을까.

생각지도 못한 동침 사건으로 인해 너무나도 힘겨운 기간이 있었다. 한번 수니를 안아 본 현민은 그 후 수니에게 몇 번이나 동침을 요구했다. 그때마다 거절했으나 매번 거부만 할 수는 없다. 넌지시 져 주는 척 마지못해 몸을 허락한 것도 몇 번이다.

사랑하는 현민에게 몸을 허락하는 것이 싫기만 한 것은 아니었으나 그러나 마음 가벼운 일은 결코 아니었다.

그해— 그들이 사랑을 주고받던 그 한 해는 짜릿한 기쁨과 고통이 몇 번이나 교차되는 해였다. 결국 헤어졌으나 목석이 아닌 다음에야 그 세월을 어떻게 잊을 수 있을까.

현민은 수니의 아버지 어머니가 돌아갔을 때 친구를 보내 부의금을 전했다. 막상 꽃상여가 나갈 때는 현민은 꼭 참석했다. 그리운 수니를 한 번만이라도 보기 위해서. 수니의 집안 큰일 때마다 정말 열심히 그랬다. 수니는 그런 현민의 속내를 아예 알지도 못하고 지나갔지만.

몇 번이나 그렇게나마 대면했을까? 수니와 현민이가 서로 얼굴도 못 보고 소식을 알지 못해도 어영부영 시간은 지나갔다.

부모님 돌아가신 후 수니는 그나마 친정 방문을 하지 않게 되었다. 생각조차 하기 싫은 추억 때문에 고향 방문을 하지 않았는지도 모른다.

어머니의 기일조차도 제대로 지키지 않았다. 그럼에도 불구하고 어머니의 기억은 언제나 아프다.

벼르고 별러 어머니의 기일에 맞추어 친정언니들과 만나기로 하고 모처럼 오늘 친정 나들이에 나선 참이다. 자애롭고 따뜻했던 어머니의 얼굴을 그리며 수니는 전철에서 내렸다. 약속장소에 둘째 언니 수혜가 차를 가지고 기다리고 있다. 큰언니 수선이도 함께다.

간만에 언니들과 만나 반가워하면서 차에 오른다.

그들 자매는 자주 만난다. 수선과 수혜는 의정부에 수니는 서울에 살고 있다. 큰언니는 김치만 담가도 동생들을 챙기고 동생들 역시 좋은 일이 있거나 좋은 물건이 생기면 서로 챙기면서 바쁜 세월을 산다.

이번에는 오랜만에 만났다. 큰언니 수선이 시댁 큰일들을 치르느라 짬이 없어서다.

그들 세 자매는 어머니와 아버지가 잠들어 계신 곳 동백벌 뒷산을 향하여 차를 타고 달린다.

수니야, 전철 타고 오느라고 힘들었지? 물으며 운전석 옆자리에 앉은 수선이가 뒤를 돌아보니 수니는 눈을 감고 있다.

수혜와 수선은 서로 눈짓하며 웃는다. 막내란 무얼 해도 예쁘니까. 같이 늙어 가는 연배에 이르른 나이에도 동생이 조는 모습을 보며 두 언니는 웃는다.

"쟤 봐. 많이 고단한가베."

사실 수혜는 수니에게 할 말이 있다. 얼마 전 고향 친구를 만났는데 뜻밖의 소식을 들었다. 수니의 옛 연인 현민의 죽음 소식이다. 수니를 잊지 못하고 아픈 마음으로 살아가던 현민은 얼마 전 아직 더 살 나이임에도 불구하고 질병으로 세상을 떠나 버렸다. 수선이와 수혜는 이미 전화로 연락을 주고받았으나 수니에게는 암말도 하지 않았다.

그런데 지금 수니는 잠자면서 꿈속에서 현민을 만나고 있다. 현민과 수없이 같이 걷던 오솔길에서다. 현민은 수니에게 다정하게 웃으며 다가왔다.

"수니야, 오랜만이네. 어머니께 가는 거야?"

수니는 그런 현민에게 아무런 말도 하지 않는다. 저리 가! 왜 이렇게 뻔뻔스러운 거야. 어디다 대고 아는 척이야?

그래도 현민은 수니의 눈을 들여다보며 속삭인다.

"고마워, 수니야."

수니는 가당찮은 말에 의아해한다.

뜬금없이 고맙다니?

"죽지 않고 살아 주어서 고마워……."

수니는 당치 않은 말 하지 마! 라고 쏘아 주려다 입을 다물었다. 현민의 눈빛은 그리움이 가득 차 있다. 뿐인가, 현민의 두 눈에서 끊임없이 눈물이 뚝뚝 떨어지는 게 아닌가.

"너하고 내가 경험한 것은 정말 지겹고 끔찍한 구렁텅이였어. 열 번 죽어서라도 면하고 싶은 지옥이었어. 잘 견디고 살아 주어서 정말 고맙다. 많이 힘들었지?"

현민의 진실이 전달된다. 수니는 말문이 막힌다. 그만 눈물까지 핑 도는 것 아닌가.

"사느라고 애썼어……."

가슴이 뭉클한 말을 하고는 현민은 한 번 더 눈물 젖은 얼굴로 수니에게 웃어 주더니 돌아선다. 그 뒷모습을 보면서 수니는 두 손을 모아 가슴에 댄다. 심장이 아파서다. 너무나 아파서다.

"너 역시 나만큼 아팠구나. 난 나만 고통받는다 생각하고 네가 죽도록 미웠는데…… 정말 많이 억울했는데……."

수니는 그만 헉! 하고 흐느낀다.

"어머, 얘가 우는 거 아냐? 수니야! 수니야!"

큰언니 수선이가 수니를 불러 깨운다. 수니는 눈을 번쩍 떴.

눈에 눈물이 맺혀 있다가 또르르 굴러떨어진다. 창밖에는 고향 풍경이 펼쳐져 있다.

아! 꿈이구나! 그런데 왜 이렇게 가슴이 아픈 거야, 현실처럼.

현민과 수없이 걸었던 오솔길은 지금 없다. 좁다란 오솔길은 4차선 차도로 변모했다. 높다란 아파트 건물이 오솔길이었던 도로변에 줄지어 펼쳐져 있다.

추억과 함께 사라진 길을 언니의 승용차를 타고 이동하면서 수니는 천천히 꿈에서 벗어난다.

'왜 이렇게 가슴이 저민 듯 아프담, 야! 방현민! 너 존재감 한번 대단하다! 꿈에서 잠깐 본 것뿐인데 내 마음에 이렇게 풍랑이 일고 천둥이 치는구나! 그동안 너를 잊었다고 믿고 있었는데. 너란 사람 아무것도 아니라고 생각했는데 잊은 게 아니었나…….'

애써 도리질하려고 하지만 수니의 눈자위는 붉어진다. 언니들이 물었다.

"꿈에 어머니 만났니?"

수니는 억지로 웃는다. 눈물이 또 한 방울 굴러떨어진다. ◎

일탈

 일탈

오랜 만에 만난 친구 이주혁은 얼굴이 핼쑥하고 힘이 많이 없어 보였다.

내 차에 올라타자마자 그의 안색을 본 나는 아니 어째 신수가 그래? 라고 입을 뗴었다. 힘든 일을 안 해 보고 귀하게 자란 사람이 감기라도 유난스럽게 앓았나 싶어서.

이주혁은 나와 가장 친한 친구. 그뿐인가, 도플갱어의 수준으로 나와 근사치가 너무 같아 옷을 서로 바꿔 입으면 마누라들도 누가 남편인지를 구분 못할 만큼 닮은 사람.

그를 만나기 전에는 특별히 친한 친구는 없었다. 그런 나에게 어느 날 갑자기 나타나 친구가 되어 준 정도가 아니라 며칠 못 만나면 궁금해 못 견디는 존재가 되어 준 그다.

내가 걱정스럽게 바라보자 그는 뭐 역류성식도염이라나 뭐라나 아주 혼났어, 그런 병이 있는 줄도 몰랐는데 말야 한다. 자신에게 그런 병이 생긴 줄을 몰랐다는 건지, 병 이름이 낯설다는 건지.

모임에서 경주로 여행을 간 것까지는 좋았다. 호텔 식사를 하고 기분 좋게 잠자리에 들었는데, 아침에 일어나려니 세상이 빙글빙글 돌더라고. 토악질을 하고 방바닥을 기고 난리를 쳤단다.

119를 타고 응급실까지 갔다. 그길로 경주병원에 입원해 5일 만에 퇴원했다고. 집에 돌아온 지 사흘 만에 내가 너무 보고 싶어 마누라가 집을 비운 사이에 나를 찾아왔다고 했다. 하긴 하도 오랜만에 그의 호출이라 나도 너무 반가워서 다른 일 제쳐 놓고 그를 만나긴 했다.

퇴원하고 제일 먼저 자네 찾아온 거야. 하마터면 자네 얼굴도 못 보고 죽을 뻔했어. 그는 싱겁게 웃으며 호들갑을 떤다. 거의 매일 만나던 얼굴을 한 보름 동안 못 봤으니.

역류성식도염이 그렇게 대단한 병인가? 사람을 죽게 할 만큼?

나도 병에 대해 모르긴 하지만 그저 배탈 같은 건가 보다고 막연히 이해하고 그를 데리고 나의 집으로 갔다. 모처럼인데 금방 헤어지는 건 너무하고, 시간을 같이 보내려면 이주혁에게 편한 장소여야 할 것 같아서.

마침 우리 마누라도 출타 중이라 우리 집에 데리고 간 것까지는 좋았으나, 괜히 집에 데려갔다고 나중에 많이 후회했다. 정말이지 이 일로 내 발등을 찍는 결과가 올 줄은 꿈에도 몰랐다.

우리는 집에 들어가자마자 서로 마주 보며 눈으로 오늘도? 라고 묻고 옷부터 바꾸어 입었다. 정말 오랜만이라고 특별히 바지까지 바꿔 입었다. 같이 캠핑 가서 처음 해 본 장난이 이제는 으레 치르는 습관처럼 되었다. 둘이 얼마나 닮았는지를 보기 위해 하게 된 짓인데.

사과를 깎아 먹이고 배가 고프대서 뭘 시켜 줄까 했더니 집 밥 아니면 안 먹겠단다. 마침 마누라가 육개장 해 놓은 게 있어 있는 반찬에 육개장을 데워 내어놓았다. 하필 나는 밖에서 방금 전에 밥을 먹은지라 같이 식사할 수는 없었다. 때를 놓친 탓에 좀 많이 먹은 것이 후회스럽다. 이럴 줄 알았으면 조금만 참을걸.

문제는 그다음 벌어졌다. 이주혁은 그러잖아도 육개장이 먹고 싶었다며 맛있게 몇 술 뜬다. 마치 며칠 굶은 사람처럼 밥 한 공기를 금세 비울 기세다. 밥은 얼마든지 있으니까 실컷 먹어. 우스갯소리를 하며 이주혁을 바라보다가 그에게 물을 가져다주려고 냉장고를 열고 물을 찾는데 이봐, 이봐, 그가 나를 부른다. 돌아보니 엉거주춤 일어나서 손짓으로 나를 부르는 그의 얼굴이 하얘져 있다. 뿐만 아니라 땀까지 흘린다. 그러고는 의자 밑으로 스르르 주저앉는 게 아닌가. 순간 나는 가슴이 철렁했다. 이게 무슨 일야?

"아! 약…… 약이 집에 있는데……."

이주혁이 낮게 신음하듯 중얼거린다.

"뭐? 약? 알았어! 내 얼른 약 사 올게! 잠깐만 기다려!"

나는 총알처럼 뛰쳐나갔다. 마음은 너무 급한데 걸음은 왜 그렇게 더딘가!

하필 공휴일이라 집에서 가까운 약국들은 모두 문이 닫혔다. 아! 어떤 불길한 예감이 들기 시작했다. 무언가 일이 잘 안 풀리는 쪽으로 진행되고 있다는 느낌.

나는 미친 듯 문을 연 약국을 찾아 헤맸다.

나중 생각하니까 그가 주저앉았을 때 약을 사러 뛸 것이 아니라 바로 119에 전화했어야 했다. 그것은 돌이킬 수 없는 실수다. 그러나 급할 땐 왜 그런 생각을 못하는 걸까. 간신히 문을 연 약국을 찾아 역류성식도염 환잔데요, 육개장 조금 먹었는데…… 부연 설명을 하고 약을 달라니까 약사인가 싶은 사람이 망설인다. 의사의 처방전이 필요한 상황이라며. 아무튼 약 좀 달라고 조르다시피 해서 소화제며 드링크제를 받아 들었다.

다시 집으로 돌아가면서 꽤 멀리까지 왔다는 것을 깨달았다. 그뿐인가 당황한 탓인지 걸음도 잘 안 걸어진다. 적지 아니 시간이 소요되었을 것이다. 정말이지 우리 집이 그렇게 거리가 멀게 느껴지기는 처음이다.

헐떡이며 걸어 마침내 저만치 집이 보이는데 웬 구급차와 경찰차가 소리도 요란하게 내 앞을 지나더니 우리 집 앞에 가서 멎는다.

이게 웬일인가. 생전처음 당하는 황당한 상황이다. 아무튼 발을 내딛으려는데 검은 승용차가 내 앞을 가로막으며 선다.

"여보, 왜 여기 있어요?"

차창이 내려지고 이주혁 부인의 얼굴이 나타난다. 그녀가 나에게 여보라고 부르며 재차 묻는다. 입이 떨어지지 않는다. 머릿속에 떠오른 말은 나는 이주혁이 아닌데, 였으나 식은땀만 흘릴 뿐이다. 미친 듯이 뛰어다녔으니 땀도 날 만하지. 그녀는 그런 나를 보고 의아했던지 차에서 내려 내게로 왔다.

"왜 그래? 당신 어서 차에 타요."

내 등을 떠민다. 무어라 대꾸하려다 말고 어쩐 일인지 눈물이 나며 맥이 풀린다. 다리도 풀린다. 내 몸이 내 의지와 상관없이 힘을 잃는다. 이주혁이가 주저앉았듯 스르르 쓰러지는 나를 그녀가 끌어안는다. 왜 그래? 응? 왜 그래? 소리 지르며.

나는 이주혁 부인에 의해 차에 올라탔다. 지금 이주혁은 구급차를 타고 응급실에 갈 텐데 나는 그 부인의 차를 타고 그의 집으로 가는 것인가.

이것이 다 옷을 바꿔 입었기 때문이다. 짓궂다면 짓궂은 옷 바꿔 입기 장난이 이런 결과를 초래할 줄 어떻게 알았으랴.

그나저나 어떻게 설명할 것인가. 무어라 말해야 하나 나는 가슴이 답답하고 숨이 잘 쉬어지지 않음에도 불구하고 말을 하려고 애썼다.

"밥 몇 술 뜨더니 얼굴이 하얘지고……."

"그게 무슨 소리야?"

내 말이 어눌하다. 그녀에게 전달이 안 되는 것이다. 그녀는 내 얼굴을 한번 훑어보더니 안 되겠다, 당신 좀 이상해, 라고 한마디 하고는 차를 돌린다.

나는 그녀에 의해 어느 한의원에 가서 진맥을 받았다. 한의원들도 오늘 쉬지 않나? 그러나 그녀는 용케 문을 연 한의원을 찾아냈다. 한의사는 진맥을 하고는 뇌졸중이 온 것 같으니 빨리 종합병원으로 옮겨야 할 것 같다고 했다. 얼굴이 그야말로 하얗게 질린 그녀가 덜덜 떨면서 119에 전화하고 종합병원 응급실로 옮긴다고 한다.

병원으로 실려 가며 차 안에서 나는 어처구니없게도 잠이 들고 만다.

이주혁과 나의 기이한 인연은 너무 똑같이 닮은 것만으로 그치지 않고 같은 날 응급실까지 가야 하는 것일까. 이런 걸 운명의 장난이라고 하는가.

누군가에 의하면 도플갱어의 상대방과 만나는 것은 죽기 전에 일어나는 일이라는데…….

이주혁과 내가 만난 것은 십 년 전쯤 일이다. 우리가 죽을 때가 되어서 서로 만났나? 라며 웃어 넘겼더랬는데…….

그날 이주혁은 세상을 떠났다. 사인은 심장마비라고 했다.

나는 뇌졸중으로 응급실에 실려 갔다. 그의 휴대전화가 바꾸어 입은 상의 안주머니에 들어 있었던 까닭에, 그리고 내 전화는 집에서 뛰쳐나오기 전 급박한 중에도 습관대로 집어 바지 주머니에 넣었으므로 전화 두 대를 내가 다 가지고 있었다.

응급실을 거쳐 중환자실, 그리고 일반 병실로 옮긴 후 나는 그간의 정보를 다 알 수 있었다. 사건은 그가 타계한 것만으로 그치지 않고 그는 내가 되어 장사되어지고 나는 이주혁이 되어 버렸다. 일이 커졌다. 어떻게 수습해야 할지 도무지 알 수가 없다. 아!

이주혁의 부인은 문병 오는 사람들을 붙잡고 나와 길에서 만난 시점부터 구구절절이 나의 상태에 대해 설명하기 바빴다. 그의 아들딸도 왔다가 갔다.

중풍이란 병은 언어장애도 겸해 와서 내 입으로 얘기 못해도 다 알아서 이해를 한다.

나의 회복은 더뎠다. 한동안 말을 제대로 못했을 뿐 아니라 잘 먹지도 못했다. 질병 때문이기도 했지만 너무나 고민이 되었다.

기동을 하게 되고 생각도 하게 되고 몸이 차츰 회복되어 가면서 나는 고민에 빠졌다. 절친했던 이주혁의 죽음도 큰 충격이거니와 나의 거취에 대해 심각하게 생각하게 되자 머리가 지끈지끈 아팠다.

뭐 내가 내 입으로 이주혁이라고 말한 적은 없지 않은가. 나는 그날 그 시간 이후 말조차 제대로 못하지 않았나. 그러나 내가 평생 교사직에 근무했던 선생님 이주혁이 아니고 그와 닮은 이유로 친해져서 붙어 다니던 택시기사 신영철이란 말을 어떻게 한단 말인가.

그러나저러나 정작 나의 아내는 어떻게 하고 있을까.

이주혁을 남편으로 믿어 의심치 않고 장사까지 지내 버렸으니 아마도 지극한 슬픔에서 아직 헤어나지 못했을 것이다. 아니면 웬수 같은 남편 죽었으니 이젠 좀 맘 편하게 살아 보자며 좋아하고 있지는 않을까? 거기에 생각이 미치자 그녀의 동태가 급작스레 몹시 궁금해진다.

아내와 나는 중매로 만났다. 우리 이웃에 동현이형네라고 있었는데 우리 어머니와 동현이형 어머니는 너무 친한 사이여서 비밀이 없었다. 우리 사정을 잘 아는 동현이형 어머니가 소개해서 만난 아내는 동현이네와 몇 촌인가 친척 사이라고 했다.

아버지가 중2 때 별안간 돌아가시고 내가 가장 역할을 하는 입장이어서 누구든지 와 주면 고마운 처지였는데, 아내는 나와 맞선 한 번 보고는 부끄러워하면서도 내 얘길 연방 물어 대며 궁금해했단다.

 몇 번의 만남을 가진 후 내가 청혼하자 아내는 그렇게 좋아할 수가 없었다. 나는 그런 그녀가 고마웠다. 사실 지금도 나는 그녀가 고맙다.

 동생들과 홀시어머니가 있는 집에 와서 지독할 정도로 알뜰히 살림을 살아 주며 나의 아이를 셋이나 낳은 그녀가 어떻게 고맙지 않을 수 있을까. 그러나 인간의 마음은 간사한 것이다. 그토록 고마운 마음도 의복처럼 낡아진다면 억지일까.

 사실 어머니의 간곡한 부탁으로 그녀와 결혼했다. 내 주제에 그만하면 과분하다는 생각까지 하면서. 그런데 내 마음이 언제부터인가 그녀에게서 멀어져 버린 것이다. 불과 얼마 전에도 미안하다면 미안한 일이 있었다.

 그때 아내와 나는 식탁에서 같이 점심을 하고 있었다. 어디선가 전화가 왔다. 아마도 급히 얼굴 보자는 내용이었던가 보다. 아내는 밥에 반찬 몇 가지를 넣어 한꺼번에 비비기 시작했다. 그러다가 안 되겠는지 비벼 먹던 밥그릇을 입가에 가져다 대더니 그대로 한입에 털어 넣는다. 볼이 미어질 듯 연신 음식을 씹어 대는 모양이 참 볼썽사나웠다. 그러고는 부리나케 일어서서 뛰어나간다. 그나마

밥상머리를 온전히 떠났으면 다행인데 현관문을 밀던 아내는 재채기와 함께 입속의 음식물을 왈칵 토한다. 사래가 들려 연신 콜록대며 허리를 펴지 못한다. 나는 그만 고개를 돌린다. 아내는 그중에 주절거렸다.

"아무리 바빠도 바늘허리에 매어 못 쓴다더니……."

그건 맞는 말이야. 무엇 때문인지는 몰라도 너무 덤비니까 그 지경이 나지. 무슨 여자가 그러니? 마음속으로 대꾸하며 화장실로 몸을 피한 나는 아내가 뭐라고 연신 중얼대며 뒤처리하느라 애쓰는 것을 무정하게도 도와주지 않았다. 그때 내 머릿속에 떠오른 말은 엉뚱하게도 저 여자와 몇 년 같이 살았지? 이다.

아들 하나와 딸 둘을 낳아 기르고 출가시키며 그런대로 한세상 잘 산 것 같은데 마누라가 못생겼다는 새삼스러운 깨달음이라니.

전혀 괜한 것은 아니다. 그 친구— 이주혁의 부인을 본 후부터 내 아내가 못생겼다고 생각하게 된 거니까. 남의 부인과 자꾸 비교하는 나 자신도 솔직히 싫었다.

이주혁— 도플갱어. 나와 너무도 닮은 그를 처음 만났을 때 우리는 경악의 눈으로 서로에게서 눈을 떼지 못했다.

우리의 만남은 어느 가을 날, 나는 택시기사로 그는 손님으로 이루어졌다. 같은 연배에다가 마치 쌍둥이처럼 닮아 있는 서로의 모습은 묘한 친밀감을 조성해 급속도로 친해졌다.

선생님! 기사님!으로 호칭하다가 자네로 변했고 마침내는 야 이 친구야가 되면서 우리의 우정은 깊어졌다.

이주혁 그는 고교 교사로 정년퇴직을 했다고. 원래 출생지는 서울이고 마지막 근무처는 수원이었단다. 살던 아파트를 팔아서 집값이 비교적 저렴한 우리 동네로 이사했단다. 나도 출생지가 서울이어서 우리는 성장기를 근거리에서 보냈음을 알게 되었다.

"그 산 이름이 마탈레였던가."

"아! 마탈레."

익숙한 일본인 이름의 산을 시작으로 맞아! 또는 나도 생각나! 등등의 대화가 오갈 정도가 되면서 우리는 공통의 기억을 알아 냈다. 너하고 똑같이 생긴 애가 어디어디에 살고 있어, 라고 하던. 별로 관심 없어 하며 흘려보냈던 어떤 소년의 기억. 그가 그였던 것이다.

그와 어울리며 하도 닮은 모습으로 말미암아 혹시 우리는 어머니만 다른 형제는 아닐까 하는 의구심도 들었더랬다. 그러나 그건 아니다.

나는 내 아버지와 너무 똑같아 이웃들이 판박이라고 불렀다. 그도 그랬다고 한다.

내 아버지는 공무원이었으나 젊은 나이에 타계했다. 그럼에도 불구하고 어머니의 헌신적 뒷바라지로 우리 4남매는 천지 분간 못하고 자랐다. 주제를 몰라도 너무 모르고 고2가 되었을 때 나보다 다섯 살 아래 바로 밑의 여동생이 교통사고로 세상을 떠나는 사건이 터지면서 어머니가 쓰러졌다.

엎친 데 덮쳤다는 표현보다 어머니는 너무나 버거운 짐에 깔려 압사 직전이었다. 귀여운 딸의 사고로 말미암아 간신히 버티던 힘이 다한 어머니.

어머니는 자리보전하고 은애야, 은애야, 아유우 불쌍한 내 새끼……. 끊어질 듯 가느다란 목소리로 잃어버린 딸의 이름을 연신 불러 댔다.

아버지가 돌아가신 때와는 또 다른 어머니의 처절한 고통. 어머니마저 돌아가시면 큰일이다!

심각성을 깨달은 나는 동생을 잃은 내 아픔은 접어 두고 이 난관을 어떻게 돌파해야 하나 정말로 깊이 고뇌했다.

평소 어머니가 가장 귀애하던 막내 여동생을 동원했다. 겨우 일곱 살이던 막내 여동생은 큰오빠인 나의 말이라면 무조건 순종했으므로 시키는 대로 잘해 주었다.

"엄마, 나는 오래오래 살게. 그래서 내가 언니 몫아치까지 효도할게. 나는 언니처럼 안 죽고 오래 살면서 공부도 열심히 할게. 엄마, 얼른 일어나. 엄마, 배고파. 앙앙……."

이웃 동현이형 어머니가 가르쳐 준 대로 보채게 하자 과연 효과가 있었다. 어머니가 몸을 추스르자 나는 학교를 중퇴하고 동현이 형이 소개해 준 곳에 취업했다. 차를 정비하는 정비소였는데 이곳에서 그야말로 인생의 쓴맛 단맛을 다 보며 성장했다. 정비사를 거쳐 버스기사가 되었고 운전으로 오늘에 이르렀다. 어머니를 모셨으며 남동생 하나 여동생 하나를 가르쳐 길러 결혼시키고 나도 늦게나마 장가갔다.

내가 운전을 선택한 것은 정말이지 잘한 일이다. 운전이야말로 나에게는 대단히 고맙고 소중하고 그리고 자랑스러운 기술이다. 나는 대한민국 최고의 운전사이며 무엇보다도 최선의 운전사가 되려고 노력하며 운전에 종사하고 있다.

처음 학교를 중퇴하고 취직한다고 했을 때 어머니의 반대는 대단했다. 절대로 안 된다고 펄펄 뛰는 어머니를 나는 진득하게 설득했다. 아버지가 돌아가신 후 닥치는 대로 일해 온 어머니를 내가 보호해야 한다! 정말 단단히 결심했기에 가능한 일이었다.

어머니는 그저 건강하게 있어만 주면 동생들은 내가 가르치겠다, 남겨 준 거 하나 없이 세상 떠난 아버지 덕에 우리는 천지에 고아나 마찬가지다. 친척 떨거지는 남이나 다름없고 내가 가장 역할을 해야 한다. 공부는 나중에라도 얼마든지 할 수 있다!

내 설득에 어머니는 넌지시 져 주었다. 나중에라도 하겠다던 공부는 아직도 보류 중이지만. 나름 학교 공부보다는 사회 공부로 전환하여 운전이라는 전문직업을 가지고 있다고 자부하지만.

사실 나에게도 학교 중퇴는 커다란 충격이었다. 학업을 지속할 수 있었다면 모름지기 이주혁처럼 교사 정도는 될 만큼의 성적을 유지했었다.

그러나 열한 살 아래 막내 여동생의 천진한 눈동자, 아홉 살 아래 개구쟁이 남동생을 길러내야 하고, 그리고 무엇보다 연약한 어머니를 지켜야 한다는 필사적인 결심 앞에 사사로운 감정은 사치. 나는 나를 타이르며 얼마나 여러 번 이를 사려 물었는지 모른다. 양육받던 위치에서 양육자가 되는 과정은 멀고도 험했다. 돌아보면 참으로 치열한 삶이었다.

어머니가 타계하신 지도 어언 십 몇 년이 지났나. 귀엽던 막내 여동생은 어느 새 출가한 자녀를 둔 중년여인이다. 그런데…….

흰 머리카락이 하나둘 늘어나고 눈가에 주름이 잡혀 가면서 나의 가슴에 쓸쓸한 바람이 불기 시작했다. 나는 나에게 묻는 자신을 발견하곤 한다.

내 인생은?

어머니와 동생들을 지키려고 인생의 삼 분의 일을 보냈다면 그 다음은 어머니 마음에 드는 여자와 결혼해 처자 부양하는 것으로 일관했다. 결국 모두 남을 위해 살았다면 과장된 표현일까.

그러나 나 자신을 돌아볼 때 측은하다 못해 아픈 연민을 느끼는 것이 솔직한 심정이다.

　이주혁과 비교가 되어서일까? 아쉬움 많은 내 성장기와 달리 비교적 무난했던 그의 인생이 부러워서?

　웬만큼 사는 집 둘째아들로 태어나 돈 걱정은 해 본 적 없이 학업을 마친 그. 교사라는 안정된 직업을 가지고 살아온 그는 평탄하게 살아온 탓인지, 또는 제자들을 가르치는 직업 탓인지 너그러운 성품을 가지고 있다.

　외모는 그와 똑같아도 내 성격은 매우 깐깐한 편인데. 성장기에 어렵사리 동생들을 키우느라 고생한 탓일까. 내가 나를 봐도 어떤 때는 치졸하다는 느낌조차 드는데.

　좀 더 솔직하자. 이주혁과 막 친해질 무렵 1박2일의 등산을 마치고 그의 집에 잠깐 들렀는데 그의 부인과 맞닥뜨렸다. 마침 우리는 그날 처음 윗도리를 바꾸어 입은 참이었다. 차 한 잔만 하기로 하고 들른 그의 48평 아파트는 안정감과 여유로 채워져 있었다. 그의 부인은 그날 동창 모임이 있어 밤에나 귀가한다고 했다. 그런데 감기기운을 느낀 그녀가 일찍 돌아온 것이다.

　나의 아내와 동년배인 그녀는 교사 출신답게 교양미가 넘쳤고 매우 유쾌했다. 내 아내는 그녀 보다 열 살은 더 먹어 보이리라.

　우리 집사람은 차갑고 냉정하기가 겨울바람이야. 너무 사무적이라 사람을 질리게 해. 이주혁은 평소 그렇게 말했다. 어렴풋 상상하던 모습과는 너무 다른 사랑스럽기조차 한 모습에 복에 겨운 줄도 모른다고 나중에 타박하자 이주혁은 모르면 말을 말아요. 마누라를 바꿔 볼 수도 없고, 하는 게 아닌가.

기가 막혀서 무슨 농담을 그렇게 하느냐고 나무랐지만 그만 내 속마음을 들킨 듯 가슴이 마구 방망이질 치는 거였다. 아주 오래전 소년일 때 느꼈던 설렘이라면 과장일까.

"여보! 산에 잘 갔다 왔어요?"

처음 마주쳤을 때 남편의 옷을 입은 나에게 활짝 웃으며 그녀는 물었다. 어여쁜 여인이 나에게 여보라고 부르며 웃는 순간 나는 아찔하면서 황홀했다. 그의 남편인 이주혁이 껄껄 웃으며 누가 당신 여보야? 라고 되묻자 한참을 이주혁과 나를 번갈아 보며 놀라던 그녀의 표정은 마치 놀란 토끼 같았다.

정말이지 너무 귀여웠다.

"우린 각방 쓴 지가 벌써 몇 년째인지 몰라. 어쩌다 좀 곁에 갈라치면 냉정하게 뿌리치면서 뭐 추잡하다나. 아니 살을 섞으면서 사는 부부가 다 그렇지 추잡하다니? 원 말을 해도 뭐 그렇게 하나? 정나미 떨어지게."

어느 날 아직도 떨어져서 자면 잠이 안 온다는 나에게 술이 얼근하게 취해 이주혁은 하소연했다. 그럴 땐 다소 그가 딱해 보였다.

젊은 날처럼 뜨거운 정열은 없지만, 함께 늙어 가는 부부 사이는 서로 애틋해야 하지 않을까 하긴 우리 마누라는 너무 치근대지만.

이주혁은 툭하면 전화하고 찾아왔다. 한잔하고 마누라 이야기를 늘어놓으며 불평하다가 집에 돌아가는 것이 고작이지만.

중매결혼을 한 나와는 달리 그들은 연애결혼 커플이라고 했다.

이주혁은 부인을 처음 만났을 때 단정하고 깔끔한 성격의 그녀에게 반한 나머지 아내와 결혼하기 위해 안 한 노력이 없다고 했다. 나중 그녀를 보게 되었을 때 나는 고개를 끄덕였다. 이주혁의 부인은 그만큼 미인이다. 그러나 아무리 미인이라도 늙는다. 아무리 사랑했어도 감정도 낡아 버린다.

남매를 길러내고 황혼을 맞이한 그들 부부의 사이는 그즈음 그냥 같이 사는 사람 정도라나. 각 방을 쓰는 것이 십 년이 넘었다고 한다.

반면 내 아내는 무난한 모습으로 예쁘지도 밉지도 않다. 아니 공평하게 말하자면 처녀 때 아내의 모습도 사랑스러웠다. 이주혁 부인만큼의 뛰어난 미모는 아니지만, 귀염성 있고 성격도 무난해 나에게는 복에 겨운 아내이다. 그나마 고생을 낙으로 산 탓에 고운 때는 진작 벗어던지고 지금은 그냥 할머니이다. 그러나 아직도 알뜰하고 부지런하며 정말 철저하도록 검소하다. 여러 식구가 먹고 살기도 빠듯한데 거기다 동생들 학자금, 그리고 나의 아이들 양육비까지 아내는 마치 요술쟁이처럼 감당해 냈을 뿐 아니라 이름도 여러 가지인 적금들을 부어 냈다. 절미적금, 반지계, 이런 적금 저런 적금…….

이제는 늙은 아내를 고마워해야 하고 아껴야 한다는 의무감도 진심인데 어쩐 일인지 알뜰하고 지독한 것에 대해 자꾸 거부감이 생긴다. 어떤 때는 진저리가 쳐진다. 왜 이런 감정이 생기는 걸까. 만일 아내를 배신한다면 나는 인간도 아닐 것이다.

토악질하는 아내를 뒤로하고 집을 벗어나며 투덜거렸다.

또 무슨 곗돈 받으러 오란 전화에 그 지경이 난 거 아니겠어? 인간미가 없어, 인간미가. 으유 지겨워, 무슨 여자가 그러냐?

애초에 쉬기로 한 날이지만 차를 몰고 거리로 나갔다.

사실 운전할 때가 나는 가장 마음이 안정되고 여유를 느끼므로 운전하는 것이야말로 나의 휴식이라면 다소 모순일까.

보행자 신호 앞에서 멈추어 있는데 낯익은 얼굴이 보인다. 나는 피식 웃는다. 오가는 행인들 속에 내가 잘 아는 소매치기가 보인다. 사실 거리를 누비는 운전사들은 낯익은 행인들의 동선까지 자연스럽게 파악한다.

내가 운전의 신이라고 자부한다면 이 아이는 소매치기의 신이다. 모름지기 건강한 사람은 힘껏 일해서 소득을 가져야 한다는 것이 세상의 정해진 규칙일 것이다. 그러나 이 아이의 뇌 구조는 좀 특별한지 오로지 남의 가방이나 주머니를 노리는 것으로 발달되어 있다. 그 기술로 적잖이 수입이 있는지 좋은 옷에 좋은 구두를 신고 거리를 누빈다. 모르는 사람은 부잣집 아들인 줄 알 것이다.

좋은 부모에게서 태어나 좋은 환경에서 잘살 수 있다면 그보다 더 복된 일은 없다. 고생이나 수고 없이 절대적 부를 누리며 나 같은 개미군단 위에 군림하면서 사는 사람들도 있긴 하지만.

나같이 손발이 다 닳도록 고생하는 정직한 근로자나 조금 부적절해도 남의 것을 슬쩍하는 저 아이나 모두 가지지 못한 자의 몸부림 아닐까.

결국 저 아이가 가지고 있는 나름의 기술은 저 아이의 생존방법인 것이다.

억지로 꿰어 맞추는 역설 같아도 불법을 행하면서도 법망을 교묘히 피하면서 어엿이 대우받는 부류가 있는 이 사회라면 운전자 눈조차 속이지 못하는 소매치기는 오히려 가련한 극빈자 아닐까. 나는 고개를 돌린다.

누구든지 조심해서 피해 입지 말도록 해요. 그러나 우리 모두 같이 먹고살아야지요. 운전사도 소매치기도.

뜬금없이 특정 대상자 없는 부탁을 허공에 중얼거리며 거리를 향해 나간다.

운전을 그만둘 생각은 아직은 없다. 힘이 떨어져 운전에서 손 떼고 만 동료들이 벌써 몇 있다. 대부분 몸을 술로 학대하고 체력 관리를 제대로 못한 친구들이다. 나이가 들면 나이에 따른 여러 증상이 나타나기 시작한다. 정말 생각지도 못했는데 혈압도 생기고 당뇨도 생겼다.

  나보다 아내가 놀라고 나의 건강을 위해 연구하고 노력을 했다, 잡곡밥에 닭 가슴살 샐러드, 식물의 뿌리에서 줄기, 열매 껍질에 이르기까지 좋다는 것은 다 먹게 하고 해로운 것을 금지했다. 젊어서는 등산을 좋아하는 나에게 불평했더랬는데 이제는 등산용품까지 빠지지 않게 챙겨 주는 아내. 인삼 못지않게 사포닌이 풍부하다며 열무김치를 사철 떨어뜨리지 않는 아내. 그 덕에 나는 건강을 유지하고 거리를 달리며 일할 수 있다. 그 사실이 고맙다.

  병원에서 퇴원해 이주혁의 집으로 온 나는 이주혁 아내의 극진한 보살핌을 받으며 나날이 건강해져 갔다. 처음엔 방이 낯설었다. 우리 집 안방이 그립기까지 했다. 그러나 며칠 지나자 낯섦은 어렴풋 사라진다.

  꿈처럼 이주혁 아내와 동침도 했다. 몸이 정상을 찾을 때까지 내 곁에서 같이 잔다며 그녀가 방으로 들어왔다.

  어여쁜 그녀가 내 곁에 누워 내 품에 파고들 때 한동안 잊었던 내 남성이 고개를 들었다. 정말 미안하게도 그 순간은 이주혁도 내 아내도 생각나지 않았다. 당신 아직 몸이 성치 않아서 안 될 텐데, 나 책임 못 져, 하며 그녀가 나의 애무에 몸을 맡기자 나도 속으로 나도 책임 못 질 것 같다는 대답이 떠오르며 그녀의 몸을 탐낸 것이다. 얼굴이 나이를 먹지 않았듯 그녀의 몸은 아직 뜨거웠다.

　우리 집사람은 차갑고 냉정하기가 겨울바람이야.

　이주혁은 자기 아내에의 서운함을 그런 말로 표현했으나 차갑고 냉정하기는커녕 너무나도 착착 감기는 게 아닌가.

　"당신 아프고 나더니 달라졌네. 더 건강해진 것 같아."

　그녀는 노골적으로 만족감을 표시한다. 그러더니,

　"안 되겠네. 다시 방을 따로 써야 할까 봐. 무리하면 안 되잖아. 조심해야지."

걱정도 한다. 그런 그녀를 다시 한번 안아 주는 것이 나의 대답이다.

　신영철로 살 때에는 특별한 외출 때만 입는 고급스러운 의상을 일상에 걸치고, 몸에 좋다는 온갖 약들, 경옥고며 공진단 등 말로만 들었던 비싼 보약을 먹으며 의식주가 그야말로 서민에서 귀족으로 완전 바뀌었다. 거기에 내 아내와 같은 나이라도 몸이 더 젊고 어여쁜 그녀와의 부부생활은 행복하기까지 하다.

　이주혁에게 미안한 생각이 들면 그러게 자네가 죽지 말고 살았어야지, 나름 변명해 본다.

　전혀 의도하지 않게 다른 사람의 삶으로 들어가게 된 것이 꿈같기도 하고 바로잡아야 할 것도 같은데 방법이 전혀 생각나지 않는다. 아니 바로잡을 의욕이 있기나 한가? 나는 더 이상은 생각하지 않기로 한다.

그러나 그녀와의 부부생활이 황홀한 것도 잠깐이었다. 차츰 아내 생각이 밀려오고, 아내가 궁금하고, 심지어 부부의 은밀한 행위 중에 이주혁의 아내를 내 아내로 착각을 하기도 한다.

어느 날 이주혁의 부인이 캘린더를 보더니 당신 대학 동창회가 오늘이네, 한다. 휴대폰에 문자 안 들어왔느냐면서.

사실 알고 있었으나 가기가 겁도 나고, 누가 누군지 전혀 아는 바가 없으니 가고 싶을 리가 없지 않은가. 뭐 배짱으로 참석할 수도 있긴 하다.

그러나 정작 내 친구들은 못 만나면서 이주혁의 친구를 만난다는 게 영 내키지 않았다. 친구라면 사족을 못 쓰는 양반이 웬일이래, 하며 신기해하는 이주혁의 부인 눈을 피해 일단 집을 나왔다.

그런데 까맣게 잊고 있었던 나의 택시가 생각났다. 버스운전 경력 수년 동안 무사고 운전의 경력을 인정받아서 얻은 개인택시 운전자 자격! 아! 나의 차는 어떻게 되었을까.

급히 나의 집 쪽으로 걸음을 옮긴다. 아내를 만나면 어떻게 하지? 이주혁인 체해야 하나.

그런데 저쪽에 아내 같기도 한 여자가 마주 걸어오고 있다. 아니 분명 나의 아내다. 오고 가는 행인들 사이에서 약간 고개를 숙인 아내는 분명 많이 수척해졌다. 그늘진 아내의 모습은 내 가슴에 못

질을 하는 듯 아픔이 되어 퍼져 나간다. 여보! 나야 나! 나 안 죽었어. 마음속으로는 그렇게 외치지만 입 밖에 내어 말하지는 못한다.

나 죽었다고 울지 말고 내가 남긴 집이며 저금통장 가지고 잘 살아. 스쳐 가는 그녀의 뒷모습을 다시 돌아보는데 가슴이 찢어지는 듯하다. 그런데 아내의 뒤를 쫓아가는 누군가가 있다. 눈물로 흐려진 시야에도 나는 분명 알아볼 수 있었다.

소매치기 녀석이다. 내 아내의 가방을 노리는 게 분명하다. 소매치기가 아내의 가방을 향해 움직이는 순간 나는 본능적으로 아내 쪽으로 몸을 날렸다. 조심해! 라고 내가 외친 것 같았으나 현실은 그렇지 않았다. 내 눈에는 소매치기 같았으나 그저 행인일 뿐이었다. 왜 그를 소매치기로 봤을까. 그리고 그 행인의 움직임을 아내의 가방을 어쩌려는 것으로 봤을까. 아내에게 집중한 나머지 때마침 달려오던 오토바이를 미처 발견하지 못하고 나는 그만 받쳐 버렸다. 오토바이 운전사도 오토바이와 함께 쓰러져 나뒹굴었고, 나도 머리를 크게 다쳤다.

아니, 미치지 않고서야 오토바이에 왜 뛰어들어! 빨리 119 불러요! 119!

사람들의 말소리가 귀에 들리며 나는 의식이 가물가물해졌다. 아! 이번에는 내가 죽을 차례구나. 아득해지는 의식의 끝자락에서 나는 마음속으로 아내에게 말했다,

여보, 미안해. 그리고 잘 살아. 제발 누가 불러도 밥 급하게 먹지 말고 천천히 먹어요.

아내는 둘러선 사람들 속에 서서 내가 자기 남편인 줄도 모르고 놀란 표정으로 내려다보고 있다. ◎

3일간의 사랑

3일간의 사랑

　우리 동네에는 길냥이들만 다니는 좁은 골목이 있다. 이 골목에서 나는 잔다를 만났다.
　그날, 약속 때문에 걸음을 재촉하는 내 눈앞에 잔다는 마치 누가 집어던진 물체처럼 떨어져 있었다.
　저게 뭐야? 붉은 핏덩어리!
　나는 그만 고개를 돌리고 도망쳐 버렸다.
　아침 9시쯤에 잔다를 보고 12시가 넘어 아까의 그 골목을 다시 지나는데 아직도 잔다는 그곳에 있었다.
　3월이라 아침 기온이 매우 찼으므로 내 맘대로 생각했다.
　'고양이새끼 같은데 어미가 버렸나 보다……. 죽었을 거야. 가여워라…….'

나는 일회용 장갑을 끼고 냥이 골목에 다시 갔다.

종이타월로 빨간 핏덩이를 돌돌 말아서 집어 올리는데 입이 움직이는 게 아닌가.

"세상에! 너 살아 있니?"

꽃밭에 묻어 주려고 생각했는데, 할 수 없이 집에 데리고 와서 따뜻한 물로 씻어 주었다. 고양이 새끼는 입으로 물을 핥으려고 연방 고갯짓을 한다.

고양이 상식이 많은 시집간 딸에게 전화를 해서 이것저것 물어보았다.

딸이 시키는 대로 초유와 주사기를 샀다. 초유를 넣은 주사기를 물려 주자 그 작은 손으로 주사기를 꼭 잡고 빨아먹는 거다. 기막혀하면서 물끄러미 바라보다가 나는 중얼거렸다.

"살겠구나!"

종이상자에 부드러운 타월로 감싸서 넣어 주니까 두 시간쯤 잘 자더니 깨어나서는 짧게 소리를 내는데 냐옹은 아니고 냐옹을 줄인 것 같은 냐! 냐! 소리를 낸다.

딸이 전화를 해서 지금 어떻게 하고 있느냐고 물을 때마다 그 조그만 물체는 쿨쿨 잔다.

"먹지 않으면 자."

"또 잔다구?"

그래서 이름이 잔다가 되었다.

한번은 주사기로 초유를 먹이는데 잔다가 웃는 것같이 보인다.

"어머나, 얘가 웃어!"

젖을 빠느라 입에 힘을 주어서 양쪽 볼이 올라가는데 그게 웃는 거같이 보인다. 너무너무 신기해서 나도 웃었다.

잔다 때문에 모임의 장소에 나가지 않자 친구들이 난리가 났다.

"너 왜 안 나와?"

"나 우리 애기 때문에 못 나가."

"웬 애기?"

잔다를 두고는 나갈 수가 없다. 그렇지만 어쩔 수 없이 나가야 할 때도 있다. 한두 시간쯤은 괜찮을 거야.

나갔다 들어오면 잔다는 목소리가 작아져 있다. 울다가 지쳐서 그런가.

그게 안타까워서 어쩔 수 없이 타월로 싸안고 나간 적도 있다.

모두들 너무나 작은 잔다 때문에 놀라고 싫어한다. 심지어,

"아휴 끔찍해!"

몸서리까지 친다.

세상에! 이 작은 생명이 그 조그만 손으로 주사기를 꼭 붙잡고 입에 힘을 주면서 젖을 빠는 건 얼마나 놀라운가. 저를 감싸 안은 내 손가락을 마치 제 엄마의 손인 양 붙잡고 놓지 않으려 하는 건

또 얼마나 신기한가.

어떻게 이렇게 경이로운 생명체를 몸서리까지 치면서 싫어할 수가 있을까?

그러나 한편으로는 이해해야 했다. 사람의 용모가 다 다르듯 생각도 다르다는 것을. 나는 잔다가 너무나 예쁘지만 다른 사람은 그렇지 않다는 것을.

멀리 갈 것도 없다. 같이 사는 나의 남편과 아들도 잔다의 존재를 매우 싫어했다.

"저것 좀 갖다 버려!"

"엄마! 이거 치우면 안 돼?"

내가 없는 사이에 두 사람이 잔다를 내다 버릴까 봐 나는 얼마나 마음 졸였는지 모른다.

그런데 나가야 할 일이 생겼다. 친구 수혜가 만나자고 한다. 그동안 일이 있어 연락을 못했단다. 너무 반가워서 만나기로 약속은 했으나 우리 잔다를 어떻게 하지?

고민 고민했지만 결국 잔다에게 젖을 실컷 먹여 놓고 외출을 했다. 제발 내가 돌아올 때까지 쿨쿨 자거라 기도하면서.

도대체 친구 수혜는 무슨 일이 있었기에 그동안 연락을 못했을까?

수혜와 난 동갑내기. 평생을 가끔 만나 쇼핑과 식사를 하면서 변

함없는 우정을 유지해 왔다.

오랜만에 만난 수혜는 다소 야위어 있었다. 양평 쪽에서 식사를 하고 강이 보이는 창가에 앉아 차를 마시면서 도대체 어떤 일이 있었는지 물었다.

수혜는 창가에 시선을 주면서 나를 외면하더니 말했다.

"너 충격 먹지 마라."

나는 의아해하며 수혜의 다음 말을 기다렸다.

"우리 오빠…… 갔어."

순간 나는 숨이 멎는 것 같았다. 잠시 적막이 흘렀다. 적막을 깬 건 나다.

"오빠가 왜?"

"급성백혈병이었어."

"오빠가 너한테 말하지 말래더라. 그래서…… 끝까지 말 안 하려 했어. 그런데 네 얼굴을 본 순간 어쩐지 말해야 할 것 같아서……."

수혜의 오빠와 난 첫사랑을 나눈 사이이다. 우리는 결혼하려 했으나 그의 부모의 반대로 뜻을 이루지 못했다. 내가 약간의 사팔뜨기라는 이유로.

그 첫사랑이라는 것이 그렇게 위대한 건 줄 난 몰랐다. 헤어진 지 몇 해인가, 난 하루도 임수혁이라는 이름 석 자를 잊어 본 적이 없다. 결혼을 하고 아들과 딸을 낳아 기르면서, 그리고 수혜와 변

함없는 우정을 나누면서 굳이 그의 소식을 물은 적은 없다. 잘 살아, 나도 잘 살게. 마음의 소리를 언제나 보냈을 뿐이다. 오빠는 왜 결혼 안 해? 물은 적도 없다. 이유가 나 때문일 거라고 생각은 했지만. 그가 핏기 잃은 입술 하얀 얼굴로,

'어떻게 하니, 선희야. 엄마가 절대로 우리 결혼은 안 된다고 그러니…….'

라고 말하던 순간이 떠올랐다. 그 순간 너무나 미웠던 감정까지 떠오른다.

그가 이제 세상에 없다고? 망연자실 앉아 있는 나를 수혜는.

"집에 가야지."

라고 일깨우며 나의 옷이며 가방을 챙겨 차에 태웠다.

무슨 정신으로 집에 돌아왔는지 모른다. 남편과 아들은 내가 없어도 저녁식사를 하고 있다.

"갸 어째 아무 소리가 안 나네. 왜 그런다?"

남편이 말했다. 그게 무슨 말인지 깨닫지 못한 나는 그냥 침실에 들어가 벌렁 누워 버린다.

"아 괭이새끼 안 디다 봐?"

남편의 일갈에 비로소 아차! 잔다에 생각이 미친 나는 잔다에게 쫓아갔으나 잔다는 이미 죽어 있었다. 타월에 감싸인 채. 내가 잘 먹이고 싸 놓은 그 상태로 눈을 꼭 감고……. 만난 지 만 3일 만에

잔다는 갔다.

그러잖아도 첫사랑 수혁오빠의 부음 때문에 미어져 있던 내 가슴에 잔다의 죽음이라니! 나는 그만 쓰러져 엉엉 울고 만다. 영문 모르는 남편이 달랜다.

"그까짓 괭이새끼 죽은 게 뭐가 그리 슬프노. 내 괭이새끼 한 마리 얻어다 줄 텡께 그만 울그라."

남편의 위로의 말은 오히려 서러움의 파도가 되어 나를 덮쳤다. 나는 한없이 펑펑 울었다. ◎

치명적 사랑

치명적 사랑

집을 나서기 30분 전 피부 기초 손질을 끝내 놓고 준비물과 가방을 챙기는 등 시간을 보낸 후 거울 앞에 앉는다.
'기초 손질은 적어도 메이크업 30분 전에!'
내 나름의 주장이다.
새삼 '참 못생겼다'는 깨달음에 피식 웃으며 메이크업 베이스를 바르고 속눈썹을 붙인다. 공들여 화장을 하면서 내 머릿속에 떠오른 것은 기껏 방긋 웃는 하나의 얼굴이다.
학교 가면 만날 텐데.
요즈음 나는 살맛이 난다.
휴대전화 컬러링이 노래를 부른다. 힐끗 들여다보니 며칠 전에 만났었던 친구다.

"한율이? 오늘 볼 수 있어?"

다짜고짜 반말이다. 참내……. 오늘은 이래저래 어렵겠다고 대꾸하자 바짝 몸달아하며 들러붙는다.

'야! 못생긴 나한테 왜 그래?'

자조적 미소가 떠오른다. 좋은 말로 만남을 거부하고서 간신히 통화를 끝냈다.

'괜히 전화 받았네, 받지 말걸.'

짜증스러운 기분으로 시계를 보니 아차! 시간이 너무 빨리 간다. 여성스러워 보이는 옷을 입느라 신경 써서 의상 문제도 해결하고 집을 나선다. 아무래도 늦을 것 같은데.

가까스로 지각하지 않고 시간을 맞췄다. 허덕대며 가파른 언덕 위에 있는 학교 교사를 들어서니 아슬아슬한 시간. 헉헉대며 강의실에 들어서자,

"어머어! 언니!"

하나가 반가워하며 소리친다. 하나도 방금 온 듯. 어깨에 걸친 가방이 아직 그대로다.

"언니, 우리 카페에 가요."

하나가 칠판을 가리키며 제안한다. 내 눈이 자연히 하나의 손가락을 따라간다.

— 담당 진원희 교수 개인사정으로 1시간 늦게 강의 시작합니다.

참내…… 늦을세라 숨차게 달음질쳐 왔건만.

하나와 더불어 지하 카페에 가니 빈자리가 없다.

'결강하는 학과가 또 있나? 오늘따라 왜 이리 벅적대누?'

일단 주문을 하고 여기저기 살핀다. 혹시 자리가 보이면 잽싸게 앉아야지.

그런데 잇따라 낯익은 얼굴들이 보인다.

"언니 이리 와! 여기 앉아요!"

슬기랑 지은이가 구석에 박혀 있다가 손을 흔들고, 민정이와 지수도 다가와 활짝 웃으며 손을 잡아 이끈다.

손을 잡힌 채 앉다 보니 귀여운 어린 클래스메이트들에 둘러싸인 나를 깨닫는다.

내 나이 어느새 서른이다. 나를 둘러싼 친구들은 나와 하나만 빼고 갓 여고 졸업과 대학 입학의 통과 의례를 지난 열아홉에서 스물의 그야말로 꽃다운 방년의 아가들.

내 나름대로 멋을 한껏 부려 커피색과 밝은 갈색의 웨이브가 조화를 이루며 물결치는 머리칼을 하고 그들과 합석하고 있지만 흐흐, 헤어스타일이 주는 만족감과 어여쁜 아가씨들에 둘러싸이는 행복감 중 어느 쪽 비중이 클까? 미소가 절로 떠오른다. 더불어 그네들의 언니, 언니 소리가 나를 꿈속 같게 해 준다. 난 아직도 남자인 걸까. 게다가 진한 커피향은 나를 설레게 한다. 아직도 꿈 많은

십대처럼.

 오십까지만 미용을 하고 그다음엔 카페를 해야지. 언제부턴가 그렇게 설계를 하며 살아가고 있다.

 스물세 살 적에 하나가 결혼한다는 소식을 듣고 그동안 모아 놓은 돈으로 일본에 갔다. 견딜 수가 없어서, 정말 견딜 수가 없어서 선택한 돌파구가…….

 내가 성전환 수술을 한 데는 나름 이유가 많다. 내 옆에 앉아 어린 친구들과 깔깔대고 재잘대는 하나가 그중 가장 강력한 원인 제공자라면, 아니 거의 백 프로의 이유라면 아마 하나는 기절하도록 놀라지 않을까.

 왕따를 당하다 당하다 고등학교를 중퇴하고 미용학원엘 다녔다. 미용기술을 익히자 취업하고 검정고시로 고등학교 과정을 마쳤다. 뭐 그렇게 학구열이 많지 않아 고졸로 그치려 했던 나를 미용실 주인언니가 자꾸 충동질해 특성화 대학 미용학과에 입학하게 됐다. 쥔언니는 대학 간판에 한이라도 있는지 대학 간판만 있으면 내 머리 만지는 실력이 뛰어나 급여를 곱절로 받을 수 있다며 입에 침이 마르도록 나를 설득했다. 별로 공부를 좋아하지 않는 나는 망설였다. 아니 더 정확하게 내키지 않았다.

 "일본까지 유학한 경력이 있는데, 까짓 국내 특성화 대학 미용학과가 뭐라구…….”

그러다가 결심한 데는 하나가 막강한 존재감을 과시했다.

하나가 바로 지금 이 학교 이 학과에 입학을 한다는 정보를 접한 탓이다.

어쩌다가도 못 만나는 그녀에 관한 소식은 그것만을 결사적으로 탐색하는 나를 절대로 피할 수 없는 것.

하나는 결혼을 했으나 얼마 못 가 이혼했다고 한다.

나를 알아보지 않을까? 그것이 두려웠으나 하나와 함께 같은 공간에 있을 수 있다는 희망은 나로 하여금 모든 것을 각오하게 했다.

처음 마주쳤을 때 날 본 하나는 깜짝 놀랐다.

"어머! 은율아!"

나를 정확하게 알아보고 이름까지 불렀다. 긴 머리카락과 진한 화장과 여성의 의상을 한 나를.

순간 심장이 정지하는 듯했다. 그럼에도 불구하고 겉으로는 조금도 동요하지 않고 나는 태연하게 대꾸했다.

"나는 홍한율이라고 해. 은율인 내 사촌동생인데 우리 은율일 어떻게 알지?"

잠시 어안이 벙벙해하던 하나는 마지못한 듯 고개를 끄덕였다.

"아! 은율인 나랑 초등학교 동창예요. 우린 짝꿍도 했더랬어요."

"그래? 우리 은율이 친구야? 은율인…… 이 세상 사람이 아닌데."

"어머! 은율이가요? 어쩌다가요?"

사실은 사촌인 한 살 위 한율누나가 교통사고로 세상을 떠났다. 그때 난 미용학원에 다니며 기술을 배우느라고 바쁠 때였다.

성격도 괜찮고 공부도 잘했던 사촌은 나랑 너무 많이 닮은 한 살 위 누나. 누나의 사고는 태어나 처음 겪은 큰 충격. 누나의 사고 이후 하나의 결혼 소식이 들려오자 나는 일본으로 가서 본격적으로 미용기술을 배웠고 그리고 성전환 수술까지 해 버렸다.

사실 처음부터 미용 유학보다는 성전환이 목적이었다. 밤 외출에 여장을 하면 아무도 내가 여자임을 의심하지 않는다. 게다가 또래 녀석들은 모두 면도를 하는데 어쩐 이유인지 나는 수염도 안 난다.

하나와 나는 초등 동기동창이다. 우린 두 번이나 한 반을 했고 초등 5학년 때는 두 학기 동안 짝꿍이었더랬다.

한 반이 되고 처음 짝이 되었을 때 하나는 나를 싫어했다. 나하고 짝을 하지 않겠다고 책상에 엎드려서 펑펑 울었다. 내가 못생겼다고. 원래 나에게 눈길을 주는 친구는 없었다.

하나가 얼마나 울어 대던지 결국 내가 일어섰다.

"선생님, 저 그냥 혼자 앉을래요."

담담하게 그렇게 말했다면 얼마나 좋았을까

그러나 나는 아무도 알아듣지 못할 만큼 작은 소리로 중얼거리듯 말했다.

"나 혼자 앉을래요."

그리고는 훌쩍훌쩍 울어 버린 것이다.

선생님은 하나에게 말했다.

"우리 하나 아주 착한 앤 줄 알았는데 친구 차별하는구나."

하나는 그래도 책상에 엎드려 있었다. 울음은 그친 듯했지만.

나는 말했다.

"선생님, 저 혼자 앉아도 괜찮아요."

처음 있는 일도 아니고, 여자애만 나를 싫어하는 게 아니라 남자애들도 나를 피했으니까.

그러나 선생님은 힘주어 말했다.

"친구는 어떤 친구나 다 아주 지극히 소중한 거야. 너희들이 아직 어리고 뭘 몰라서 좋아하고 싫어하는 차이를 보이는 거지. 친구를 서운하게 함 나중에 후회한단다."

반 친구들은 조용히 듣고만 있고 나는 빈 책상으로 자리 이동을 하려고 두리번거렸다.

"홍은율 그냥 앉아 있어. 정하나 내일까지 기회를 준다. 내일도 하나 생각이 변하지 않으면 정하나랑 홍은율은 둘 다 혼자 앉도록 해라."

하나는 그날 내내 뾰로통한 표정으로 아무 말도 하지 않았고 나를 쳐다보지도 않았다.

담임은 그날 급우 전체를 호되게 꾸지람했다. 인물로 친구를 차별하면 가장 못난 사람이라고.

나는 못생겼다. 내 부모도 일가친척도 다 내가 못생겨도 너무 못생겼다고 하도 그래서 나도 내가 못생겼다는 것을 알고 있다.

눈은 멋대가리 없이 너무 크고 코랑 입이랑 조화가 안 맞고 피부도 누리탱탱하다나. 꼭 영화 〈ET〉의 주인공 이티같이 생겼다고 했다. 내 위의 형은 남자답게 잘생겼단다. 제일 큰누나는 예쁘게 생겼단다.

참내, 같은 부모에게서 태어난 형제인지라 눈 코 입이 다 닮았는데 어째서 나만 유독 못생겼다는 말인가. 심지어 친형제를 제치고 나와 너무 닮은 사촌 한율이누나조차도 나보다는 낫다나. 도대체 이해가 안 되지만 어쩌랴.

어려서부터 못생긴 데 대한 대가를 충분히 받으며 살아온 나인지라 뭐 못생겼다 소리 하도 들어서 아무 느낌도 없다. 하지만 그때 초등학교 5학년 나에게 하나의 행동은 그야말로 못질이었다.

다음 날 난 정말 학교에 가기가 싫었다. 그래도 괜히 학교를 빠진다는 건 정말 있을 수 없는 일이라, 아프다고 핑계하고 자리에서 일어나지를 않았다.

　맞벌이 부모님은 출근하고 나 혼자 방에서 자다 깨다 하다가 문득 서러웠다. 아무도 나에게 관심이 없는 것 같아 슬퍼서 눈물이 났다. 그런데,

　"은율아!"

부르며 할머니가 들어오셨다. 처음에 난 자는 척했다.

　"녀석…… 금방 기척이 들렸는데 그새 잠들었나?"

　모두 다 나를 못생겼다고 하는데 할머니는 나를 많이 귀애하셨다. 나를 못생겼다고 말하는 어느 아줌마랑 싸움까지 하신 분이다.

　"아니! 남의 금쪽같은 손자를 보고 뭐라구? 못생겼다구? 아니 그런 댁은 얼마나 잘났수? 응? 얼마나 잘났길래 남의 손자에게 말을 그따위로 함부로 하는 거야?"

　그 아줌마는 말 한마디 잘못하고 우리 할머니한테 얼마나 닦달을 당했는지 모른다. 그 이후 사람들은 나를 보면 알아서 말조심을 했다. 쟤네 할머니 되게 무서워, 라고 하면서.

　할머니는 내 곁에 앉자마자 나를 연신 쓰다듬으며,

　"아유우 이쁜 내 새끼, 어디가 아파서 학교를 빠졌누."

하신다. 아마 몰라도 이쁜 내 새끼를 열 번쯤 했을 것이다.

　"할머니!"

　잠자는 척 듣던 나는 그만 참던 울음을 터뜨렸다. 할머니는 깜짝

놀라셨다.

"왜 그러니, 아가야! 응?"

나는 어제 학교에서 있었던 일을 빠짐없이 할머니께 일렀다. 서러움에 헉헉 흐느끼며.

할머니는 나를 꼭 안아 주시더니 맛있는 거 사 주신다며 나가자고 했다. 그러면서 나에게 아빠 이야기를 해 주셨다.

"네 아빠는 진짜 못생겼었다."

"어! 정말?"

나는 깜짝 놀랐다. 아빠가 못생겼다는 말은 금시초문. 아빠는 키도 크고 언제나 웃는 얼굴이며 우리 삼 남매에게 엄마보다 더 인기 있는 분.

"너는 네 아빠에게 비교하면 훨씬 미남이란다. 그랬던 네 아빠가 키가 크고 잘 자라니까 어휴! 환골탈태하더라."

환골탈태가 무슨 말인지 정확하게 몰랐지만 어떻든 자라면 아빠처럼 멋있어지는 것일까? 나는 비로소 활짝 웃었다. 할머니가 사 주시는 자장면도 잘 먹었다.

"사람의 진짜 가치는 겉이 아니라 속이란다. 우리 은율이가 맘이 얼마나 이쁜데! 그뿐인가? 아마 세상에서 제일 착하고 똑똑할걸."

그러면서 할머니는 내가 자라면 아가씨들이 줄줄 따라다닐 거라고, 걱정 말라고, 하나 같은 아이가 이다음에 따라다니걸랑 보기

치명적 사랑 199

좋게 퇴짜를 놓으라고 입에 침이 마르도록 말씀하셨다.

다음 날도 나는 정말 학교에 가기 싫었지만 죽지 못해 학교에 갔다. 하나가 나를 무시하든지 말든지 상관하지 말자. 나도 하나를 무시하면 되지, 라고 나에게 수없이 타이르면서.

'울 할머니가 그러셨어, 내가 자라면 아빠처럼 멋있어진다고. 난 너 같은 애 퇴짜 놓을 거야!'

장차 멋지게 자랄 나에게 기대를 하는 내 얼굴이 그래도 조금 환했을 것 같다. 그런데 하나의 태도가 180도 바뀌어 있었다.

"홍은율! 너 어제 왜 안 왔니? 어디 아팠니?"

하는 것이다.

흥! 나는 일단 맘속으로 코웃음 한 번 치고 너 땜에 내가 맘이 좀 아팠다! 라고 대꾸했다. 어디 까지나 맘속으로. 하나 쪽으로는 얼굴도 안 돌렸다.

"그저께는 미안해. 내가 너무했어. 진짜 잘못했어."

하나가 사과를 하고 내 옆에 앉는 게 아닌가. 나는 이게 꿈이 아닌가, 꼬집어 보고 싶을 지경이면서도 무표정한 얼굴로 우정 차갑게 말했다.

"나랑 억지로 짝 안 해도 돼!"

그런데 하나는 내 손을 잡는 거였다.

"은율아, 네가 싫다면 나랑 짝 안 해도 돼. 그치만 오늘은 나 여기 앉아야 돼."

"정하나, 안 그래도 돼. 너 좋은 자리에 가서 앉아."

나는 의연하고도 태연하게 미소까지 억지로 지어서 상납(?)해 가면서 친절하게 말했다.

하나가 정색을 하고 다시 사과를 했다

"미안해, 은율아. 있잖아, 나 울 아빠한테 무지 혼났다. 울 아빠도 옛날에 못생겼다구 친구들한테 괄시당하구 막 무시도 받구 그랬대. 그러면서 널랑은 남에게 절대루 그런 짓 하지 말라구 아빠가 신신 당부했어. 나 용서해 줘. 그리고 오늘은 너랑 사이좋게 같이 앉아서 공부하기로 울 아빠랑 약속했어. 그러니까 싫어도 오늘만은 나랑 짝꿍 해. 응?"

예쁜 여자아이가 눈웃음치면서 애교로 볼우물까지 연방 머금으면서 용서해 달라니까 그만 내 마음은 봄날 눈처럼 사르르 녹아 버렸다. 그래서 나는 하나를 용서하기로 했다.

"정말이야?"

라고 확인하며 하나와 짝이 되었다.

그날만이 아니라 계속, 그리고 그 이후 내내 하나는 나에게 이만저만 친절한 게 아니었다. 과자도 나누어 주고 어깨동무도 해 주고, 내가 이해 못하는 산수문제도 잘 설명해 주었다.

그뿐만이 아니다. 어느 날은 내가 안 읽는 책을 하나에게 가져다

주었더니 나에게 윙크까지 하면서,

"은율아, 만일 너랑 짝을 안 했으면 어쩔 뻔했니? 하마터면 네가 이렇게 좋은 애인 걸 영영 모를 뻔했잖아."
하는 게 아닌가.

글쎄 내가 뭐 그렇게 좋은 애일까? 그냥 평범한 사내아이에 불과한 나를 이렇게 좋은 애라고까지 하면서 윙크를 날려 주다니……. 책을 세상에서 제일 좋아한다기에 인심 한번 썼을 뿐인데.

심지어 내 생일에 예쁘게 포장한 초콜릿을 선물해 주기까지 했다.

내 생일날, 할머니는 소시지전이며 떡볶이, 잡채 등을 해서 생일상을 차려 주었다. 내가 생일잔치 한다니까 친구 몇이 하나랑 어울려 우리 집에 와 축하해 주었다.

할머니는 유독 하나에게,

"네가 우리 은율이 짝이니? 아유우, 예쁘기도 해라."
관심을 기울이고 칭찬을 많이 하셨다.

그날 우리는 엄지 척을 포즈로 사진도 찍었다. 그 사진을 나는 가장 소중히 여기면서 잘 보관하고 있다. 아무도 모르게.

그 이후 우리는 더욱 친하게 지냈다. 하나가 준비물을 잘 까먹는 나를 위해 내 준비물까지 챙겨 왔을 때 나는 너무 고마워 엄지를 세워 주며 네가 최고야! 라고 외쳤던 일도 있었다. 그 이후 우리는 툭하면 엄지 척으로 친분을 표시하고는 했다.

나는 세상에 태어난 이래 그때 가장 행복했다. 마하초등학교 5학년 1, 2학기의 시절은 나 홍은율의 인생에서 가장 행복했던 시기.

정말 중요한 것은 이것 같다

그 시기의 나는, 아니 내 영혼은 하나라는 여자아이에게 아마 그대로 침몰되어 버렸던 모양이다. 영원히, 라고 말하면 다분히 무리한 것 같지만.

그 이후 하나 같은 친구는 생기지 않았다.

나는 하나를 세상에서 제일 예쁘다고 생각했고, 하나야말로 내가 결혼해야 할 상대자라고 꿈까지 꾸게 되었다. 겨우 초등 5학년 때.

중학교로 진학하면서 하나와 이별한 나에게 이 세상은 그야말로 절망적 암흑의 세계로 변화했다. 6학년 때는 그래도 간혹 마주칠 기회가 있었다. 마주칠 땐 하나가 손을 흔들어 주기도 하고 엄지 척도 해 주는 등 친밀감을 표시하곤 했다. 그러나 우리가 중학교로 간 이후에는 그런 기회가 아예 없어져 버렸다.

이후 나는 행복하지 않았다. 하나가 깊이 자리한 나의 맘속에 어느 누구도 들어올 수가 없었지만, 또 누군가 들어오려고 한 친구도 없던 것 같다.

그냥 덤덤하게 중학교에 다녔는데 내 유일한 희망은 오가는 길에서 하나를 만나는 거였다. 만나 봤자 하나가 저만치 보이면 퉁탕

거리는 가슴을 부여잡고 고개는 숙이고 태연한 척 지나가는 것이 고작이지만.

하나와 마주치는 일은 적었다. 어쩌다 마주치면 하나는 방긋 웃어 주었는데 그런 날은 꿈을 꾸는 듯 행복했다. 중학생이 된 탓인지 하나는 손을 흔들거나 엄지 척을 해 주지는 않았다.

하나와 말 한 번 섞어 보지 못한 채로 중학교 시절이 지나가고 고교에 진학하면서 나의 마음은 결정되었다. 아니 자동 정리되었다. 나는 하나와 어울릴 수가 없다는 결론. 내 특이한 외모 때문에 어느 누구도 나를 좋아해 주지 않으리라는 슬픈 깨달음.

중3 이후 조금씩 자라던 키가 그나마 성장을 멈추었다. 어느 날 모자를 쓰고 걷는 작달막한 내 뒷모습에다 대고 누군가 말했다.

"어머! 난 웬 날씬한 아가씬 줄 알았는데 은율이구나!"

"쟤는 여자로 태어날 건데 남자가 됐나 봐. 키도 딱 여자고 몸매도 가냘픈 여자잖아!"

유난히 작은 키와 그리고 주목받을 만큼 우스꽝스럽게 생긴 얼굴과 가냘프고 애처로운 몸과 팔다리…….

워낙 못생긴 거야 어쩌랴. 그러나 화장을 하면 좀 나아 보이지 않을까?

나는 틈만 나면 어머니 화장품으로 화장을 하곤 했다.

그러다가 화장하는 습관까지 생기게 되었다. 언제부터인지는 정확히 모르겠다.

그러던 어느 날 사촌 한율이누나가 하늘나라로 갔다. 교통사고였다.

급작스러운 이별은 큰 충격이라는 것을 그때 알았다. 이웃에서 나란히 살았던 큰아버지네 딸 둘과 우리 아버지의 두 아들과 딸 하나 다섯 남매는 사촌이라는 경계 없이 친형제처럼 자랐다.

그러다가 한율이누나가 어느 날 갑자기 교통사고로 하늘나라로 가 버리자 충격과 슬픔은 우리를 똘똘 뭉치게 했다. 그러잖아도 우리는 사이가 좋았는데.

큰어머니는 나를 보면 한율아! 우리 한율이 배고프지? 라고 하며 나를 챙겼다. 어느 날 갑자기 곁을 떠난 딸로 인한 정신적 쇼크는 한율이누나와 가장 닮은 나를 한율이로 만들어 버린 것이다.

한율이누나는 나와 많이 닮았으나 뭐 그렇게 밉다 소리는 안 들은 것 같다. 이 사실이 내가 트렌스젠더가 된 이유 중 하나일지도 모른다.

나도 누나처럼 머리를 더 기르고 화장을 하면 좀 나아 보이려나. 트랜스젠더 수술을 함으로써 열등감이 다소 사라지긴 한 걸까. 그 어느 것 하나도 확실한 것은 없다.

그러다가 하나가 입학한다는 특성화 대학 미용학과에 나도 입학함으로써 서른 살이 된 나와 하나가 재회를 했다. 열한 살 때 한 반을 해 보고 서른에 대학에서 재회했으니 숫자로 19년 만인가.

하나는 친하게 지나게 되자 수다쟁이가 되어 옛날 어렸을 때 이야기를 했다.

"언니, 난 어렸을 때 은율일 혼자서 좋아했어요!"

나는 깜짝 놀랐다. 나를 좋아했다구? 정말? 난 그것도 모르고 너를 너무 좋아하는 내 마음을 들킬까 봐 얼마나 조심했는데. 그런데 네가 나를 좋아했단 말야? 이게 꿈이야 생시야?

"뭐, 나 혼자 좋아한 거니까 은율인 모를 거예요."

내가 쇼크를 받든 말든 하나는 깔깔거리며 웃어 댔다. 그리고 어느 날부턴가 결혼생활에서 겪었던 일들을 이야기하기 시작했다.

하나의 남편은 의처증 환자라고 했다. 게다가 시어머니의 이해할 수 없는 행태는 그들의 결혼생활을 파탄으로 이끌었다. 특히 어린 딸을 시집에 빼앗기고 나올 때 이야기를 하면서 하나는 눈물을 뚝 뚝 흘렸다.

결혼식을 올리고 알게 된 사실은 남편이 이미 한번 결혼했던 사람이라는 것이다. 너무도 놀랍고 충격적이라 하나는 졸도까지 했었단다.

전처와는 법적 혼인신고도 안 한 상태에서 헤어져 하나가 알게 되지만 않았어도 별문제 될 건 없었던 모양이다.

그러나 하나는 알게 되고 말았다. 시어머니 집에 들렀는데 하필 시어머니가 전처의 웨딩 사진첩을 들여다보고 있었다. 시어머니가 미처 사진첩을 숨기지 못해 그만 하나는 모든 것을 알게 되고야 말았다.

그날 하나는 들쑤시는 심정을 어쩌지 못해 그대로 친정으로 가 버렸다. 웬일이냐고 묻는 부모님에게 아무 말도 하지 못하고 하나는 그냥 끙끙 앓았다.

나중에 사실을 알게 된 남편이 하나에게 찾아와서 무릎 꿇고 빌었다고 한다. 그리고 끝없이 좋은 말로 달랬다고 한다. 그저 울다가 지친 하나는 영문 모르는 부모님의 꾸중까지 보태져서 억지로 다시 돌아갔다고 했다.

그러나 정작 문제는 그다음부터였다. 전처와의 생이별 탓이었을까, 남편의 의처증은 심각했다. 어떻게든 남편과의 결혼생활을 원만하게 이끌어 가려고 하나는 안 해 본 노력이 없었단다.

아이가 태어나고 하루하루 지나던 어느 초겨울 날 하나의 집에 느닷없이 배추 150포기가 들이닥쳤다. 시어머니와 함께.

하나가 입이 딱 벌어져 배추를 바라보자 시어머니는 호통을 쳐 댔다.

"칼 가져와라! 그렇게 입 벌리고 놀랄 것 없다. 네 시누이들 것까지 하려면 오십 포기 더 해야 할 텐데, 내가 그래두 너 생각해서 백오십 포기로 줄인 거다."

세상에 태어나서 배추를 처음 만져 보는 며느리를 생각해 배추 150포기를 가지고 들이닥친 시어머니는 배추를 다듬기 시작하면서 잔소리를 늘어놓았다.

"이건 약과야! 나는 삼백 포기씩 이십 년을 해 댔다. 너는 그래도 내가 해 주지 않니."

큰살림을 하던 번화한 집안에서 친동서, 사촌동서들과 같이했을 큰일에 시어머니는 자신의 시누이들을 마음껏 욕했다.

"시누이가 친시누 사촌시누 합해서 일곱 명인데 코빼기도 안 내놓더라. 저희들도 시집가면 남의 며느리가 되고 올케가 될 것들이."

시어머니는 자신의 시부모 흉까지 있는 대로 주워 섬겼다. 그중에 하나가 출산한 지 한 달 된 부분이 좀 걸렸던 탓인지 시부모 욕까지 보태서 산후조리도 못하고 김장을 해야 했던 자신의 사연을 줄줄이 외워 댔다.

"글쎄 우리 시아버지, 그러니까 네 시할아버지가 뭐랬는지 아니? 애 낳구 두 이레 만에 나를 김장을 시키면서 누군가가 새댁 몸조리해얄 텐데 그러면, 어유우 두 이레 됐시유, 두 이레 됐시유, 그러더라. 그러니까 몸조리 할 만큼 했단 소리지. 하! 참내 기가 막혀……. 그뿐이냐? 만주 여자는 애 낳아 놓구 바로 밭 갈러 나온단다. 게다가 할아버지 옆집에 살던 누구 엄마는 아들을 낳아 놓구서

점심을 늦게 해 왔다구 남편한테 마구 야단을 맞았단다."

도대체 무슨 말인지 하나도 알아들을 수 없었던 하나는 그저 묵묵히 듣기만 할 수밖에.

"하도 야단을 치니까 옆집 할머니가 대신 변명을 해 주었단다. 아들을 낳아 놓고서 나오느라 점심이 늦어졌다구."

하나는 도대체 뭐라구 저렇게 알아들을 수 없는 말을 끝없이 해 댄담, 하는 생각이 머릿속에 떠올랐으나 그 생각이 채 가시기 전 젖 먹여 재운 아이가 울기 시작했다.

달려가 아이에게 젖을 물리는 하나를 잠시 참던 시어머니는 소리 질렀다.

"너 효녀 낳았구나! 지 에미 일 안 시키는 지지배를 낳았어! 그까짓 계집애 좀 울면 어때서!"

아무리 참을성이 많은 하나일지라도 더는 참을 수가 없었다.

"뭐라구요? 그까짓 계집애라니요?"

하나는 그만 배추를 가지고 어머니 집으로 가라고 말대꾸를 하고야 말았다.

노발대발한 시어머니는 배추는 그대로 두고 혼자 집으로 돌아갔다. 그리고 아들을 자기 집으로 불러 고자질을 해 댔다. 그러나 사실 그대로만 말했을 리가 없다.

남편은 시어머니 성향을 많이 닮은 사람. 그날 하나는 남편에게 손찌검을 당했다. 어떻게 감히 시어머니에게 너희 집으로 가라고 대들 수가 있냐고 난리를 쳤다. 아이를 출산하고 딱 한 달 만의 일이다.

너무나 기가 막힌 하나는 울면서 친정으로 전화했다. 놀란 친정 부모는 쫓아와서 배추 무더기를 보고 한 번 더 놀랐다. 하나의 부모는 하나를 데리고 친정으로 돌아갔다. 하나가 아이를 챙기려고 하자 남편은 눈에 이상한 빛을 띠우며,

"내 자식이야! 그냥 두고 가!"

하고 소리 질렀다.

하나의 아버지가 사위의 뺨을 쳤다. 네 자식은 아냐고. 어떻게 출산하고 한 달밖에 안 된 아이에게 배추 150포기를 들이미느냐, 거기다가 손찌검까지 하다니! 그것이 사람이 할 짓이냐!

하나의 그 말을 들으면서 나도 그만 손이 벌벌 떨렸다. 하나의 남편이 그 자리에 있다면 당장 죽여 버리고 싶을 만큼. 그러나 아무 내색을 못했다. 그런 나를 보며,

"언니 놀랐구나."

하나가 웃는다. 나는 억지로 같이 웃었다. 그렇게 무서운 사람들이 진짜 있는 거야? 이거 실화야? 라며.

아 가엾은 하나. 그러게 왜 시집은 일찍 가서 그런 모진 경험을 하고 말았니. 나는 그것도 모르고 네 결혼 소식을 들으며 얼마나

절망했는데…….

"어떻게 결혼하게 된 거야?"

나는 물었다. 처음 하나는 결혼 사연 말하기를 내키지 않아 했다. 그러다가 처음부터의 이야기를 들려주었다.

하나의 남편은 외아들이라고 했다. 시누이가 셋 있는. 그중 둘째 시누이가 하나의 모교인 여대 선배라고 했다. 시누이는 하나를 잘 봤던지 남동생을 소개해 주겠다고 틈만 나면 말했단다. 어릴 때부터 인기가 많았던 하나는 당연히 멋진 연애를 하고 멋진 연애결혼을 한 것으로 나는 알고 있었으나 아니었다.

시누이의 소개로 만난 남편과 반년 정도 교제를 했을 때 남편은 결혼을 졸랐다.

"그야말로 공주처럼 모실게 결혼해 줘."

잘생긴 얼굴에 귀공자로 보이는 남편이 좋은 학벌과 직장으로 완전무장하고 결혼 카드를 내밀 때 하나는 생각했단다. 날이면 날마다 오는 기회가 아니다! 그래서 그 기회를 잡기로 했다고.

의처증이라고 말만 들어 봤지 자신이 그 피해자가 될지는 몰랐단다. 잠시 필요한 것을 사러 마트에만 다녀와도 눈빛이 달라지곤 했다고. 그래도 남편과 어떻게든 잘 살아 볼 생각밖에는 없었다고 했다. 어차피 결혼했으니까.

그 의처증에 불을 붙이는 건 시어머니였다. 모처럼 하나의 집에

와서는,

"내가 봤는데, 웬 남자하고 마주 보고 서서 이야기하더라."

뚱딴지같은 고자질을 한다. 동네 슈퍼에 잠깐 다녀왔을 뿐인데, 슈퍼 주인이 남자인 것이 화근이다. 기가 막혀서……. 하나의 시집살이는 완전 소설적이다.

바보 같은 계집애, 나한테 왔으면 내가 저를 위해 살았을 텐데. 저를 얼마나 위했을지 모르는데……. 그랬으면 나도 성전환 수술까지 하고 한율이 누나 행세를 안 할 텐데. 아! 이런 일이 내 앞에 닥칠 줄 알았다면 성전환 수술을 하지 말걸!

하나의 결혼은 나에게는 그대로 절망이었다. 나에게는 세상의 끝이었다. 그때는 다음 날 아침에 눈을 뜨지 않는 것이 소원이었다. 내가 차라리 죽기를 얼마나 바랐는지 아무도 모른다. 내가 얼마나 고통스러웠는지도 아무도 모른다. 하나의 결혼을 생각하지 않을 수만 있다면 아마 나는 무슨 짓이라도 했으리라. 자살을 수없이 생각했으나 할머니가 돌아가시고 연이어 한율누나의 사고를 겪은 우리 가족에게 차마 할 짓이 아니라서 죽을힘을 다해 버텼던 나였다.

하나의 생각에서 벗어나기 위해 큰맘 먹고 모임에서 등산을 갔을 때 산에 웬 버섯들이 무수히 많았다. 이름 모를 버섯에 관심이 있는 누군가가 저게 무슨 버섯이냐고 안내원에게 묻자 안내원은 기겁을 하며 말했다.

"저건 독버섯입니다. 저건 조금만 먹어도 독이 바로 심장으로 갑니다. 내일 아침에 눈을 뜨기 싫다면 모를까 손도 대지 마세요."

일행은 모두 웃으며 버섯 무리를 지나갔으나, 아! 나는 얼마나 손을 뻗쳐서 그 버섯을 움켜잡고 싶었는지 모른다. 버섯을 조금이라도 집고 싶었다. 그러나 그렇게 하지 못했다. 내 인생에서 그 무엇 하나 내 뜻대로 할 수 있는 게 있었을까.

그러나 나는 한 가지는 했다. 한 달에 한 번 병원에 가서 여성호르몬제를 주사받으며 살아가지만, 사실 그것도 유쾌하진 않지만, 아무튼 여자가 되는 수술을 받았다. 부모가 기겁을 했고 어머니는 기절까지 했으나 큰어머니는 좋아했다. 한율아, 한율아 부르며. 나는 그때부터 본격적으로 한율이 행세를 했다.

"언니, 누가 찾아왔어요."

지수가 생각에 잠긴 나를 일깨운다. 돌아보니 아까 전화했던 친구다. 참내, 학교까지 찾아온담. 아무것도 모르는 급우들은,

"언니 남자친구?"

라며 호기심을 보인다. 남친은 급우들에게 커피도 쏘고 밥도 사곤 한다. 참내 얼빠진 친구다.

왜 그러는지는 나도 안다. 만난 지 좀 된 친구인데 하도 치근거려서 연락을 안 했었다. 그러니까 더 몸달아하며 만나면 놔주지 않

으려고 한다.

　사고도 쳤다. 어느 날 같이 식사를 하고 영화도 한 편 보고, 그래도 성이 안 차는지 술 한잔하자고 해서 술을 딱 한 잔만 하기로 했는데 그만 취하도록 마셨다.

　눈을 뜨니까 모텔이었다. 나를 여자로 알고 밤새도록 안고 뒹굴었다나. 참내. 하긴 겉으로는 여자지.

　그러고 나서는 만나면 당연히 모텔로 가려고 하니까 나는 그를 피할 수밖에. 무엇보다 비위에 안 맞는 스킨십이 정말 너무 역겹다. 결혼하자고 소곤대는 건 더 역겹다.

　어차피 여자가 되어 결혼할 생각은 없다. 아이를 낳을 수 없으니까. 그리고 여자로서 남자의 부인이 된다는 것은 생각조차도, 정말이지 꿈에도 없다. 저 친구가 아직 나의 정체를 모르니까 일편단심이지, 내가 본래 남자였다는 것을 알게 된다면? 입에 거품을 물고 기절을 하지 않을까?

　우리를 내내 지켜보던 남친은 슬그머니 매점에 가서 빵이며 아이스크림, 캔커피까지 잔뜩 사다가 쉬는 시간에 나의 급우들에게 안겼다.

　"와우! 최고, 최고!"

　대학생들이라고는 하지만 한참 군것질이 필요한 나이이다. 책상 둘을 붙여 놓고 간식거리를 잔뜩 쌓아 놓았다. 모두 빙 둘러앉아서 열심히 먹고 있는데 웬 남성이 출입문을 열고 빼꼼 들여다보다가 얼른 돌아선다.

누굴까? 모두 먹기에 열중한 나머지 나밖에 아무도 눈치를 채지 못했다.

그는 우리 급우 중의 한 명은 분명 아니고, 학교 직원도 아니고, 아마도 다른 학년이나 다른 학과 학생일까? 나는 짐작해 본다.

아! 그런데 아니었다. 그는 하나의 남편, 아니 전남편이었다. 하나에게 손찌검을 한 까닭에 이혼을 하긴 했으나 그는 불쑥불쑥 나타나곤 한다고. 그 이야기를 하면서 하나는 진저리를 쳤다.

시어머니의 알아들을 수 없는 잔소리도 끔찍하지만 남편의 손찌검은 정말 참을 수 없다고 했다. 시어머니는 여자는 길을 들여야 하는 법이라면서 몽둥이까지 남편 손에 쥐여 주었단다.

그 어머니에 그 아들이다. 당치 않은 행위를 하면서 하나를 붙잡으려 들다니. 나의 하나를……. 설혹 아이 때문에라도 하나를 다시 잡을 생각이 있다면 글쎄 무작정 쫓아다닐 게 아니라 어떻게든 하나 마음을 돌리는 방법을 찾아야 하지 않을까?

그러나 사람이 별안간 변한다는 건 어려운 일이다. 하나와 같이 살 때의 그 태도와 정신상태를 가지고 결혼생활을 회복하려 든다면 큰 문제가 아닐 수 없다.

아이 때문에는 울면서도 남편과 시어머니 이야기가 나오면 진저리를 치고 머리를 흔드는 하나. 충분히 그럴 만하다. 어떻게든 하나를 도울 길은 없을까. 아니 행복하게 해 줄 방법은 없을까? 아이와는 이담에라도 꼭 같이 살고 말겠다는 하나.

"아이 생각해서라도 남편과 재결합할 뜻은 없어?"

슬쩍 말했더니 하나는 아무런 대꾸가 없었다. 흘낏 돌아봤더니 하나의 얼굴이 굳어져 있는 게 아닌가.

남녀의 사이에 균열이 생기면 회복하기가 힘든 것인가 보다. 아! 나의 하나야, 어쩌면 좋으니. 네가 행복하게 되는 게 나의 희망사항이라면, 아니 내가 가장 원하는 것이라면 너는 이해할 수 있을까? 사실인데.

이렇게 같이 수업을 할 수 있는 지금이 나에게 얼마나 행복한 시간인지 너는 모르지. 이 시간을 얻기 위해 맹목적으로 입학한 나의 마음을 너는 모르지, 하나야. 그렇지만 2년의 학업 과정이 끝나면 나는 또 너와 헤어져야 한다.

내가 생각에 잠기자 하나는 중얼거리듯 말했다.

"그 사람이 결혼생활을 회복할 뜻이 있다면 치료부터 받아야 해요."

"치료?"

"정신과 치료요."

"으응……."

나는 마음으로 끄덕였다. 하나가 다시 중얼거렸다.

"치료받으면 낫긴 하려나."

인간관계의 가장 큰 문제는 서로 간의 이해이고, 이 문제가 어긋나면 극복한다는 것은 아마도 기적에 가까운 것 같다.

나는 화장실을 가기 위해 강의실을 나섰다. 화장실을 향해 가는데 아까의 그 낯선 남자가 화장실에서 나온다. 나는 그를 스쳐 지나갔다.

화장실 문을 미는데 무슨 소리가 났다. 소리를 따라 시선을 보내니 그 낯선 남자가 무언가 떨어뜨리는 소리였다. 다시 시선을 거두는데 다음 순간 어쩐 까닭인지 불안감이 엄습한다. 뭐지?

나는 볼일을 보고 강의실로 돌아가면서 깨달았다. 불안감의 원인은 그 남자다. 강의실을 엿보던 그 남자가 손에 무언가를 들고 강의실로 뛰어 들어간다.

칼이다!

본능적으로 그 뒤를 향해 뛰었다.

때마침 나의 떨한 남친이 하나에게 캔커피를 건네고 있었다. 모르긴 해도 내 남친의 그 행동 때문인지 순간 남자의 눈이 뒤집힌 모양이다. 남자는 무어라 외치며 악을 쓴다.

"야 너! 내가 그냥 안 놔둬!"

그러더니 하나를 향해 뛰어간다.

모두의 시선이 남자 쪽을 향한다. 순간 내 머리에 떠오른 생각은 아! 하나가 위험하다!

안 돼! 나 역시 결사적으로 뛰어갔다. 하나와 가까워지자 하나와 남자 사이를 향해 몸을 날렸다. 모두 놀라 비명을 지르고 난장판이 된다. 느닷없이 소리 지르며 뛰어든 그 남자와 나로 인해 놀랐을 것이다.

남자는 눈에 광기가 넘친다. 미친 듯, 아니 미쳐 있는 상태에서 마구 손을 휘둘렀고. 나는 아마도 족히 열 번은 찔린 것 같다.

내 남친은 기겁을 하고 도망쳤으나 용감한 급우 재형이는 남자의 뒤로 날아차기를 해 남자를 쓰러뜨렸다. 남자가 쓰러지자 채현이가 몸으로 남자를 눌러 제압하고, 태권도를 했다던 우진이가 쓰러진 상태에서도 악착같이 칼을 쥐고 있는 남자의 손을 밟았고, 이어 준식이가 남자의 칼을 쥔 손을 태권도로 내리쳤다. 남자는 그때까지 결사적으로 쥐고 있던 칼을 놓는다. 칼에 피가 묻어 있다. 모두 놀라며 외친다.

"하나 누나! 괜찮아?"

"어떡해! 왕언닌가 봐, 왕언니가 다쳤나 봐!"

"한율언니! 괜찮아요?"

"저 피가 누구 피야?"

급우들의 외침을 듣는 가운데 아! 하나는 무사한 건가에 오직 내 생각은 꽂혀 있다. 나는 그때까지도 하나를 꼭 끌어안고 있었다. 그런데 내 몸이 힘을 잃더니 스르르 손이 풀린다. 그리고 이윽고 쓰러진다. 꼭 허수아비 같다. 내가 쓰러지자 하나가 울부짖었다.

"언니! 어떡해, 일일구! 일일구!"

하나가 울음을 터뜨린다. 하나의 울음소리를 들으며 하나야 넌, 넌 괜찮은 거니, 라고 나는 중얼거린다. 아! 하나가 우네. 울지 마, 하나야. 나는 괜찮아. 나는 너만 괜찮으면 돼. 나는 결사적으로 엄지손가락을 곧추세운다. 순간 하나는 아연해한다.

하나야, 너 우리들의 암호를 잊지 않았지.

잠시 후 나는 의식을 잃었다. ◎

박성선 소설집 **3일간의 사랑**

초판 1쇄 발행 | 2023년 11월 10일

지은이 | 박성선
발행인 | 장문정
발행처 | 문예바다
   등록번호 | 105-03-77241
   주소 | 서울 종로구 삼일대로 30길 21(종로오피스텔) 611호
   전화 | 02-744-2208
   메일 | qmyes@naver.com

ⓒ 박성선, 2023. Printed in Seoul, Korea
ISBN 979-11-6115-217-2 (03810)

* 이 책의 저작권은 지은이와 출판사에 있습니다.
* 양측의 서면 동의 없는 무단복제를 금합니다.